VISTA
PUBLISHING

VISTA
PUBLISHING

倒璇請雅正：

詹詠芳

2017. 04. 09.

VISTA
PUBLISHING

科技部人文及社會科學
研 究 成 果 推 廣 叢 書

天使與橋者

七等生小說中的友誼

廖淑芳◎著

 七等生的書寫意涵

　　七等生是戰後臺灣重要現代小說家，充滿個人主義色彩、毀譽交加的文學現代性特質，說明國家想像與現代主義文學的關係，其所開創的自由即興創作風格，是特有的不受文學邏輯拘束，以內省凝視、抽象獨白，充滿自傳性色彩的「自我書寫」，此一風格可以七等生一句「不完整就是我的本質」加以概括，而又以引起最多爭議的作品〈我愛黑眼珠〉與〈來到小鎮的亞茲別〉為代表。

　　本書從七等生與明星咖啡館及其它文藝沙龍的場景因緣，談起他與《文學季刊》等文人的互動，在這些關係與其中轉折，七等生的獨特思維皆呈現在其小說中，也隱喻著 1960 年代的幽微與褶曲面。並且漸進式的拉到七等生的寫作，尤其將七等生文學內外友誼書寫與互動的連帶作為重心，並拉到與七等生交誼多年的另一位重要小說家沙究的文學探討，切入「天使」、「橋者」形象意義的核心命題。

　　七等生小說作品中具豐富意涵的「天使」、「橋者」所涉及的形象書寫意涵，及其變異性為探討重心，借用宗教敘事學裡論虛構敘事中的「結尾的意義」，往往涉及啟示錄意涵。文中更從法國哲學學者德希達《論好客》論友誼及禮物的層面為進路，探

討其文中「天使」、「橋者」所具有的宗教性與人間性的雙重意涵。同時，由於其中往往涉及天使在人間的多重變異面貌涵，將搭配友誼學與敘事學，以深入解讀其形式與內涵之間的相連關係，以進一步深究七等生作品中相當多片斷破碎，看似多餘、不能融入敘事結構中的形式成分的文本，其中可能具有的認識論意義。

廖淑芳

目 錄 CONTENTS

上圖：1988 年，攝於通霄。七等生、妻子、女兒小書、小兒保羅。
下圖：1985 年，七等生攝於遠景編輯部。
右圖：1996 年，七等生。

七等生小全集，共計十冊，遠景出版。

七等生
沙河悲歌

七等生
情與思

七等生
城之迷

七等生
白馬

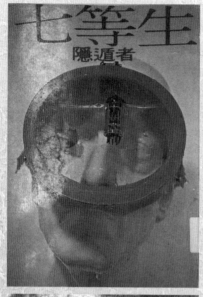

上圖：七等生小全集，共計十冊，遠景
出版。

下圖：《為何堅持：七等生精選集》。

右圖：七等生全集，2003 年出版。

第一章

七等生在文學史上
的意義

臺灣 1960 年代，可以說是充滿青春的騷動與壓抑的張力的年代。政治上尚是國共對峙的高壓冷戰階段，經濟上並未進展到以工業與城市集中為主，然而文學界同人雜誌紛出，各種形式實驗將文學藝術的純粹性與神聖性張顯到相當的高度，而洋風洋味也洋溢在臺北的咖啡館與文藝圈。這些特色尤其呈現在以七等生及其參與《文學季刊》出版時期的 1960 年代中期。七等生之不苟合於人群與文藝圈，與其和《文學季刊》的分合有正相關性，這些關係與其中轉折，在其小說中有不少呈現，也正隱喻著整個時代的特質。因此，其小說不僅呈現出七等生獨特的思維，也透顯了時代的幽微與褶曲面。而其小說中的許多天使形象與友誼敘述，更可以讓我們找到認識這一位充滿哲思的創作者的特殊進路。本書將由 1960、70 年代時代氛圍切入，拉到七等生的寫作，尤其將七等生文學內外友誼書寫與互動的連帶作為本書重心，並拉到與七等生交誼多年的另一位重要小說家沙究的文學探討，切入天使與橋者形象意義的核心命題。

一　1960年代政治的外張內弛與青春咖啡館

　　1960 年代，對大多數的臺灣年輕人來說，距今超過五十年，

早已是比上個世紀末都要久遠很多的「石器時代」。對很多臺灣文化人來說，那也是個壓抑而蒼白的階段，比如葉石濤在《臺灣文學史綱》中便以「無根與放逐」來形容戰後第二代作家如陳若曦、歐陽子與王禎和等人。認為這幾位作家「都是土生土長的，光復後接受本地教育到大學的第一代，不幸他們開始也都是『無根與放逐』的」。葉石濤認為他們不但未能接受大陸過去文學的傳統，同時也不了解臺灣三百多年被異族統治被殖民的歷史，且對日據時代新文學運動更缺乏認識。「他們跟文化傳統雙重的隔絕，使他們同樣陷入『真空狀態』。」

　　這樣的說法確有其實。在政治上，從戰後 1940 年代的兩次政治肅清到 1950 年代的高標反共、戒嚴統治，到 1960 年代外在仍然充滿壓抑的張力，內在卻因難以觸摸的縹緲現實而飽漲青春的騷動不安，成為一個外張內弛的特殊年代。整個政治的局面是臺灣處於不斷在面臨「即將戰爭」、「準備戰爭」的情境之中，然而島內戰爭卻始終只存於外島或遙遠的遠方。1953 年韓戰結束後，臺海局勢日益緊張，1954 年起中共陸續發動大小不一的砲戰，使得臺灣處在一種惶惑不安中，1958 年，八二三砲戰爆發後，兩岸建立了「單打雙不打」的「默契」，直到 1970 年砲戰模式結束。而國際上，1950 年韓戰爆發，1962 年古巴危機，1965 年越戰開打，美蘇兩大強權的長期軍

事對峙左右了世界的局勢，使全世界都處在鼓譟不安之中。確實，這是一個充滿戰爭的年代，然而，戰爭看似迫近，其實又非常的遙遠，季季在〈擁抱我們的草原〉中透過一個成天無所事事，只會看三流小說和低級電影的小女孩——即小說敘述者們，告訴我們戰爭在當時的虛幻性存在：

那時我們心裡沒有故鄉，我們除了背英文單字和歷史的諸雄紛爭，對霸王們的豔史感興趣外，只會在課堂打瞌睡。……那時我們心裡真的沒有故鄉思念，我們只知道在金門砲戰時，把零用錢一次一次又一次地送出去，而不知道送出去的理由。我們只曉得離我們很遠的地方有戰爭發生，而不知道戰爭是什麼？是為什麼？我們一點都不知道。

於是，當她不經意在明星咖啡館和另位一樣無所事事的女孩相遇，她說著：

怎麼又碰到妳了呢，真奇怪。
我在她旁邊的座位上坐下來，我沒有回答她什麼話，德弗札克的新世界傳出了戰爭的聲音，一陣又一陣。
是妳點了這張唱片嗎？

她說：是的，不錯，是我。我只能從那裡試著想像戰爭的氣氛，只能從那裡聽到戰爭的聲音。

妳渴望戰爭嗎？

不錯，我渴望。我希望馬上有戰爭，我的愛人已在戰地作了戰爭的食物，我希望有戰爭。

這些敘述刻畫了臺灣島民生活周遭中雖不斷聽聞著戰爭，卻又只能在咖啡館中廢弛地想像著戰爭的虛無茫然。

因為虛無，談論哲學也成了咖啡館的一種流行，如張系國在《昨日之怒》中描繪的一群大學生「他們在馬路上逛了一陣，終於又踱進明星咖啡屋。明星裡擠滿和他們類似的青年……大家高談著世界的荒謬、人性的自由和自身的失落。胡偉康扯著一頭厚厚的黑髮，大聲狂呼。『我們有什麼理由快樂？我們被投入了這個世界，一切都是荒謬的！我們失落了！』」

劉大任即曾透過《浮游群落》一書，呈現一群知識青年想要突破現狀做點什麼卻又無計可施的窘況。他們「像包裹著一層無形無色的薄膜，像一頭望得見外面卻看不透欺騙的蒼蠅，開始鬱悶，開始不安，開始盲目的衝撞，開始無意義的掙扎，而終於無可奈何。」於是只好成日在昏暗的咖啡館裡，隨著古典音樂搖頭晃腦發洩苦悶。

政治如此，經濟上，臺灣直到 1970 年代之前，仍以農業經濟為主，並未進展到工商經濟的階段；文化上，在農業經濟基礎之下，臺灣社會普遍封閉貧乏，仍以封建倫理道德為主。然而，就在這個社會封閉貧乏、政治獨裁壓抑的年代，學者邱貴芬告訴我們，那也是一個充滿異質聲音與影像的豐富年代，當時不僅有日本、美國的舶來影片，也有臺語、黃梅調等各式電影，南腔北調的聲音與影像充斥在臺灣的空間中。從文學角度來看，當時有一群需要發洩青春騷動的文學青年，生產出一些如今看來無比重要的刊物，包括《現代文學》、《文學季刊》……等，往往只因幾位創作同好號召，一個文學刊物便組成了，於是一期接一期，一篇接一篇、一首接一首的現代詩、現代小說，甚至散文、戲劇、論述……，就在這種求新求變、勇於開拓探索的氛圍中完成。

本章將以臺灣 1960 年代文壇氛圍為主要重心，說明其中明星、田園、野人、文藝沙龍等咖啡館及公共空間所具有的生產性意義。尤其將聚焦在當時與七等生及與其較有互動的幾個重要文藝人物，在這些空間裡的活動情形，以帶入整個時代氛圍。七等生與後來文學創作最為相關的《文學季刊》中，如姚一葦、陳映真、黃春明、王禎和、雷驤、沙究等人，兼及一些成為傳奇般的情愛故事，與文壇創作之間的關係，也將以此作

明星咖啡館是許多文藝愛好者的聚集處。（翻攝自《武昌街一段七號：他和明星咖啡廳的故事》）

為後面章節敘述七等生及小說中的友誼的引言。

二　明星咖啡館：臺北文學地標

臺北武昌街一段七號，就在城隍廟對面，1949 年，一個十八歲的建中畢業生與六個年紀比他大三輪的俄羅斯人，開啟了明星一甲子的璀璨歲月。

在這群具傳奇身分的明星創辦人中，唯一的臺灣人、也是明星靈魂人物的老闆簡錦錐的說法，明星的整個故事要從更早說起。1917 年俄國共產黨發動革命，一位出身貴族的俄國沙皇侍衛隊指揮官艾斯尼（Elsne），跟著軍隊奮戰不敵之後，一路輾轉流亡到上海。此時他的同鄉布爾林於上海霞飛路七號開設「明星咖啡館」，後來艾斯尼跟隨國民政府到了臺灣，因緣際會下認識了當時年僅十八歲的簡錦錐先生，結為忘年之交，且跟幾個俄國同鄉，包括布爾林在內，於 1949 年在臺北武昌街一段七號合作經營「明星西點麵包廠」，並於麵包店二樓開設「明星咖啡館」。「明星」名稱原是從其俄文店名「Astoria」而來，「Astoria」是俄語「宇宙」之意，此名意味著明星正是「星海中最美麗的那顆星」。

早期的明星咖啡館只靠著販賣俄羅斯風味簡餐與咖啡，後

位於臺北市武昌街一段七號的明星咖啡館。（翻攝自《武昌街一段七號：他和明星咖啡廳的故事》）

來配合明星麵包店的俄式麵包與西點，以異國風味吸引著臺北人。每天下午四點、五點，不少外國使館與達官貴人的黑頭車紛紛來到武昌街，等著在第一時間購買剛出爐的麵包回去，場面蔚為奇觀。加上來自俄國的蔣經國夫人蔣方良當年時常造訪明星品嘗家鄉味，她每回必嘗的是「俄羅斯軟糖」，即當年俄國皇室御用的點心。這些故事都讓明星在臺北人的心中增添不少神祕的傳奇色彩。

明星咖啡館承載許多藝文傳奇故事。（翻攝自《武昌街一段七號：他和明星咖啡廳的故事》）

明星一開始吸引的是中國來的高官、商人，絡繹不絕，還有郎靜山、陳景容、楊三郎、顏水龍等藝術家，都常來此聚會。到了 1959 年，詩人周夢蝶在咖啡館樓下騎樓擺起小小的書攤，引來一些愛好文藝者聚集。往後二十一年，直到它曾歇業的 1989 年 12 月 11 日止，這裡成就為一則動人的臺北文學傳奇。時光雖然匆匆，明星騎樓下削瘦的黑衣詩人周夢蝶一度餓昏倒地，經簡先生伸出善意援手供熱食，而傲骨詩人卻堅持自己買單。只能喝得起一杯咖啡的往事，卻讓文壇至今津津樂道，引為美妙無比的文壇傳奇故事。

　　考據起來，尉天驄曾經指出明星與文壇的結盟其實另有比周夢蝶更早的起源。原來是戰後有幾位從大陸來到臺灣的文人，如臺靜農、黎烈文及孟十還等，其中臺靜農是魯迅的大弟子，黎烈文及孟十還也是魯迅的抬棺弟子。黎烈文當時任教臺大外文系，翻譯過很多法國小說名著。孟十還曾經留學蘇聯十年，發表過很多俄國翻譯文學，也曾與魯迅合作翻譯《果戈理選集》，因此來到臺灣之後成為政治大學東方語言學系的系主任。那時幾個文人聽說西門町開了一家俄羅斯咖啡廳，就邀孟十還一同前去開開洋葷，順便試試他的俄語是不是真有那麼屬害？孟十還果真秀了一口流利的俄語，從點菜交談與俄國人溝通無礙，從此這群文壇人士常到明星聚集，若真要說明星的文

明星咖啡館走出一條藝文道路。（翻攝自《武昌街一段七號：他和明星咖啡廳的故事》）

學歲月，這些人來得比周夢蝶更早。

　　以上文字出自明星創辦人簡錦錐的《明星咖啡館》回憶錄，簡錦錐表示，確實在 1950 年代初期，明星出入的不只俄國人還有一些文人打扮、會說俄國話的大陸人，那時明星就與文人結緣了，後來又因周夢蝶帶來更多作家與藝文人士。他更提到，當時有些咖啡廳會與「黃色」、「晦暗」畫上等號，有時警察

《武昌街一段七號：他和明星咖啡廳的故事》，
記述明星咖啡館與文學家的種種往事。

明星咖啡館是近代臺灣文學沙龍的代表之一。（翻攝自《武昌街一段七號：他和明星咖啡廳的故事》）

拿著手電筒進去照著客人的臉查緝是否有不檢點的情事，但明星卻走出一條自己的藝文道路。

白先勇曾回憶說：「臺灣六十年代的現代詩、現代小說，屬著明星咖啡館的濃香，就那樣，一朵朵靜靜地萌芽、開花。」據說白先勇最愛二樓樓梯口靠近櫃檯的座位，面對一屋子眾生群像。他的小說代表作《臺北人》筆下所描述的一個個鮮活臉譜，或許也曾乞靈於穿梭過明星咖啡館的身影。而許多作家更把明星當作第二個家，例如初為人父的黃春明，還曾在咖啡館

的桌上為寶貝兒子換尿布呢。整個裝潢帶有古樸歐風風采的明星咖啡館，彷彿是近代臺灣的文學沙龍。

三　明星咖啡館與《文學季刊》等文人之互動

這些故事可以說開啟了明星咖啡館與作家的相知相惜。許多人在騎樓下跟周夢蝶買書後到二樓的咖啡館喝杯咖啡，歇息閱讀，有時也和周夢蝶一起聊聊。在當時家庭少有冷氣的年代，二樓明星咖啡館有冷氣，環境比家裡好得多。初初嶄露頭角的年輕作家流連於此埋頭寫稿，像是三毛、黃春明、林懷民、白先勇、季季、陳若曦、楚戈、方明、劉大任、王禎和、陳映真等人，經常是一杯咖啡，中午一盤蛋炒飯便可以坐上一整日。於是一篇篇動人的文學作品在明星誕生。雜誌中如《現代文學》、《創世紀》、《文學季刊》等都曾在此討論事務編輯，與七等生相關的《文學季刊》，更被記載在簡錦錐回憶錄《明星咖啡館》書中，是讓簡錦錐留下深刻印象的。

而季季也回憶當年她到明星寫稿的年代比《現代文學》的人晚，又比《文學季刊》的人早，她當時總是一個人，除了點飲料很少和人說話，因此從未和白俄老闆說話，更不認識簡錦錐。她描述二樓的氣氛很典雅，半捲的長窗簾，昏黃的燈輝，

散發著古樸悠閒的光影；加上那些色彩沉鬱的白俄人油畫，濃郁的咖啡香，以及當時少有的冷氣，永遠瀰漫著一種慵懶浪漫的歐洲式氣氛。季季說她當時剛從鄉下上臺北還很怕羞，總是快速穿過二樓到三樓面窗的位子去坐，那裡雖不如二樓有冷氣，但卻比二樓寬敞，左右兩排隔著屏風的火車座，中間還有三個圓桌。下午常常客人不多就她一位，寫累了就趴在冰涼的大理石桌小睡，午後她通常叫杯檸檬水慢慢喝慢慢寫，傍晚再叫一杯檸檬水加一盤十二塊的火腿蛋炒飯，寫到快打烊才下樓。

而當時考上政大的林懷民星期六下午或星期天也會到明星來，幾乎是她最早認識的文友，一走上三樓他就會興奮地說：「嘿，我來了。」然後坐在她後排的火車座，兩人除了偶爾討論一下稿子，各寫各的極少交談。也就在這樣的互動之中，兩人如此以文論交。

然而 1980 年代臺灣經濟起飛，股票曾高漲至一萬二千點，全民炒股的熱鬧讓股票族占據了所有的桌子，不但作家因此找不到位置坐，咖啡館裡也變得吱吱喳喳。加上當時簡錦錐已上年紀，體力日衰，而女兒旅居外國後續亦無人接手，從 1949 到 1989 明星也已經經營達四十年，於是在無奈中明星咖啡館這閃亮的臺北之光暫時熄滅了，只留下一樓的麵包廠依然在，

重生後的明星咖啡館依舊是許多藝文人士聯誼聚會之處。

二樓空間則租與居仁堂素食館。當時雖經許多老顧客頻頻詢問
不是說休息三年嗎，怎麼一晃十五年了依然不見咖啡館蹤影？
但若不是 2003 年一場二樓素食館廚房火災，可能很難再見到
明星重生的希望。災難有時或經常是重生的契機，這句話說得
一點不假。

　　老闆簡錦錐回憶說，白俄羅斯人原本即曾於 1958 年左右

重生後的明星咖啡館風采依舊。

動念將明星賣掉、結束營業，但因為位於城隍廟正對面，在中華文化習俗裡這是正沖，因此一賣兩年沒有人敢買，於是才持續營業。1989 年明星咖啡館謝幕，原以為這個號稱「臺灣近代文學永遠地標」的四十年傳奇篇章，將就此畫下句點。卻因二樓素食館廚房的一場火災，虛驚一場後，反而為明星帶來了再生的機會。原本明星結束營業時眾多桌椅有的送給客人，多數

借放至埔里寶岩寺的倉庫裡，沒想到九二一埔里逢大難，該寺安然無恙，倉庫裡的老家具們也依然安好。於是 2004 年 5 月，明星咖啡館在眾人期待下復活。重新開幕時盛況包括過去的老作家周夢蝶、黃春明、林懷民、陳若曦、楚戈、隱地、康喬、愛亞、季季、龍應台等藝文界人士，連當時的市長馬英九也來了，而還有一位特殊的人物是當年在明星結婚的畫家劉秀美也帶著她那保留二十年的蛋糕盒來了。

這些人物各自有各自與明星交會的故事，以文壇並不熟知的畫家劉秀美為例，她二十多年來一直在淡水及其它地方以社區大學或其它方式推廣「國民美術」，帶著一群老驥伏櫪仍有夢想的老人家，畫出一幅幅屬於他／她們的年代他／她們的青春與生命記憶。她在 2000 年出版的《淡水味覺 & 國民美術悲喜劇》是本充滿悲辛卻又洋溢生命力的著作。早年她曾有一段不愉快的婚姻，因此即使遇到相知決定步入第二段婚姻，仍不願張揚而低調地僅在明星咖啡館宴請幾位好友。沒想到因為服務生詢問為何不在飯店舉辦讓她和夫婿一時感到尷尬。但不久在服務生的通知下，老闆簡錦錐特地送上一個祝福蛋糕。感動於這樣的祝福，讓忐忑於再度踏上婚姻的她分外珍惜，因而也一直保留著這結婚蛋糕盒，提醒她勇敢迎向新生。直到二十年後在一次畫展會場遇到簡錦錐之女簡靜惠——也是 2004 年明

星重新開幕後的經營者，我們因而有了這段故事。

在這些眾多的故事中，簡錦錐回憶，《文學季刊》是當時文人中最具活力的一群。1966 年尉天驄、陳映真、姚一葦、劉大任、七等生等幾個年輕人，靠尉天驄姑母尉素秋標會籌來的五萬元加上滿腹的理想與抱負，便辦起《文學季刊》。剛開始編輯事務多在尉天驄家中進行，但因空間有限，後來一群人轉到明星，占了三樓一個大房間編雜誌。三樓原有兩個以屏風隔起來的小房間和兩個大房間，大房間多半是俄羅斯人或飛虎隊用來聚會的場所。俄國走後，成了附近公家單位和銀行機構進行會議的地點，尤其華銀、臺銀、合庫等銀行機構，為了省去外送茶水咖啡點心的麻煩，經常直接預約在三樓大房間開會。簡老闆見《文學季刊》人在三樓辦雜誌辦得熱烈不已，文學的嫩芽綠意盎然，於是悄悄交代領班，以後三樓那個大房間留給辦雜誌的那些人用，如果銀行或公司想訂，盡量先讓他們訂另外一間。

除了《文學季刊》，根據〈臺北咖啡館：一個（文藝）公共領域之崛起、發展與轉化（1930s-1970s）〉論文作者陳其澎對雷驤的專訪，雷驤也提到明星的二、三樓等於是《文學季刊》的編輯部，而「那時候有兩個重要的雜誌彼此有跨界，叫《劇場》，陳耀圻也在《劇場》寫一些翻譯，也在《文學季刊》寫

一些創作，還有劉大任⋯⋯」

簡錦錐記得，七等生曾參與的《文學季刊》在明星工作的日子維持了一年多，1968 年初夏一個晚上，在客人走得差不多準備要打烊的時刻，曾有警備總部的人來訪詢問陳映真的事，而隔天果然陳映真就因「搞左派讀書會」被抓了，那天之後雖然寫稿的人繼續寫稿，編輯的人繼續編輯，不過原來在明星三樓一群《文學季刊》編輯作家天天報到的盛況便漸漸疏淡，直到在 1970 年正式宣告休刊。

從以上對明星咖啡館的描述，大致可以略微掌握當時文壇的氛圍。雖然由於咖啡豆當時多仰賴進口，價格不低，因此在法規限制及經濟負擔的情形下除少數例外，一般咖啡館多半多無法維持經營多年。然而當時除了明星咖啡館這已廣被傳誦的傳奇之外，當時臺北的咖啡館確實不少，也共創了前面研究者陳其澎所謂的「一個（文藝）公共領域之崛起」。

四　其它文學咖啡館

當時這些臺北咖啡館大多位在以衡陽路與重慶南路一帶的區域內，如坐落在衡陽路上，文星雜誌（臺北市衡陽路 15 號）對面的田園咖啡館，以播放古典音樂而為許多文人所懷念；隱

地筆下在中山堂廣場旁，「報館編輯跟作家、詩人交誼，常常約好在『朝風』見面。『拉稿』，甚至是不得已的『退稿』，都在那裡『低聲』的進行」的朝風咖啡館。以及萬國戲院（臺北市漢中街 52 號，今為喜滿客絕色影城）斜對角峨嵋街上的野人咖啡館，林懷民長篇小說《蟬》中便提到它的樣子。主角陶之青走入的是幾層又窄又陡的樓梯，之後「小小的地下室，充溢著人聲、汗臭、煙味。……桌燈的罩子，是一張薄薄的三合板捲成的圓筒，上面五、六個用煙頭燒出的窟窿，還有些字。鋼筆的字跡、原子筆和蠟筆的塗鴉」。據隱地的回憶，野人咖啡館可謂店如其名，當時聚集了眾多的前衛之士，有些人的行徑也接近野人。確實因受到當時美國流行的嬉皮文化影響，年輕人蜂湧而來，因此整個店充滿狂野的嬉皮風，但約在 1970 年，披頭四出版了〈Yesterday〉，宣告解散。而同一年，報紙上也登出了「野人」因毒品交換被警方封禁的消息。

有人認為當時衡陽路與重慶南路一帶可能與那一帶書店與出版社林立有關，如作家子敏便曾描述「當年的衡陽路與重慶南路一段，書店不少。『田園』的存在，很容易引起逛書店的文人們的注意。」而「在地緣上，『明星』接近重慶南路一帶的書店街，也接近火車站，逛書店的文友想找個地方坐下來談談，臺北的文友跟北上的南部文友約會，『明星』是一個方便

的地點。」另外像「朝風」便是位在中山堂廣場旁，「中山堂廣場旁沒有像巴黎那樣的露天咖啡座，『朝風』至少是在廣場的邊緣。

以上這些引自作家們的回憶，一方面既說明幾家咖啡館均環繞衡陽路與重慶南路以及中山堂與西門町一帶的情形，而且點出了 1960 年代在七等生開始寫作的階段，臺北藝文圈確實是以當地的幾個咖啡館為重要的鏈結點。

五　七等生曾經供職的「文藝沙龍」

其中，「文藝沙龍」則與 1960 年代初寫作時期的七等生有著密切的關係。1965 年左右，在臺北市接近漢中街的武昌街 2 段 37 號地下室出現了一家咖啡館名曰：「文藝沙龍」，其原初構想始自《幼獅文藝》主編朱橋（本名朱家駿，1930-1968）。

朱橋原來主編《幼獅文藝》，這原來是一份官方雜誌，據余光中的回憶，「坦白說，早期並不怎麼動人，大家也只把它當作『青年寫作協會』的官刊。……朱橋主持《幼文》編政的那幾年，可稱《幼文》的全盛時期。那時言論自由尚多限制，他竟能把一份官刊辦得有聲有色，毫無官腔，令文化界刮目相

《台北咖啡館：人文光影紀事》記述了許多文人與咖啡館的故事。

看，而名家樂於供稿，青年熱烈歡迎，確是不凡。」據吳美枝《台北咖啡館：人文光影紀事》一書提到，朱橋擔任《幼獅文藝》主編期間，由於經常「貼錢來幫助貧困的作家」，在他熱情邀約下，《幼獅文藝》幾乎網羅了朱西甯、司馬中原、陳映真、鍾肇政、鄭清文、李喬、史惟亮、許常惠等 1950、1960 年代臺灣藝文界的菁英。大夥幫他寫稿，有很多幾乎是為了交情，而不是為了一份什麼刊物。

就在這般彼此提攜、相濡以沫的氣氛下，朱橋認為臺北藝文界亟需一個類似西方沙龍的場所，以提供給文友們一個定期聚會的交流空間。因此，便找來了詩人綠蒂（本名王吉隆，1942～）、畫家龍思良，以及日後成為駐美代表程建人夫人的何友蘭三人共同出錢投資開設了「文藝沙龍」，而龍思良的太太，也是翻譯作家的羅珞珈則充當沙龍女主人。

這個咖啡館在龍思良設計下，空間頗有特色。在店內盡頭一角，龍思良刻意擺放了座完全通不到任何地方、純粹裝飾性的「假樓梯」。主要目的在引誘不知情的客人過來，等到發現「此路不通」時，只好在階梯上坐下來，有趣的是，這裡反成了當時最受歡迎、最具設計噱頭的休憩角落。

在《台北咖啡館：人文光影紀事》一書中曾引用旅法作家胡品清（1921～2006）〈那段很波希米亞的日子〉一文，為我們記錄了她流連於「文藝沙龍」的足跡：「地下室那麼幽暗，人又那麼擁擠，幸而沙龍主人認出了我，過來給我找了一個有燈檯的座位。於是，我就在熱門歌曲的喧譁中，在古典音符的悠揚中，在一潭小小的燈光裡，拿出了稿紙和原子筆，把自己裝成作家的樣子」。據說「文藝沙龍」最美的地方，就是這些古色古香的桌燈。當燈光燃亮時，整個咖啡店溫暖如自家的客廳。

而七等生與「文藝沙龍」的因緣則來自他與龍思良、羅珞珈夫婦的相識，由於對寫作的堅持，七等生從 1965 年就辭掉原來在萬里國小的教職工作，到臺北來，也參與了《文學季刊》的創辦及前五期編務。當時為了生活，他也必須到處打工，在認識龍思良、羅珞珈夫婦後，他也轉到「文藝沙龍」來打工。據沙龍女主人羅珞珈的回憶，離城前的七等生具備一切令女性顛倒的條件：講話不多、面色陰沉、才氣縱橫、眼神詭異，更妙的是他還銷魂落魄極不得意，以致淪落到在咖啡館打工維生。

　　根據筆者對七等生的訪問，七等生提到，當時他是應徵進去的，這裡主要是晚上有供餐和咖啡等，裡面當時是三個工作人員，羅珞珈是櫃檯、何友蘭負責廚房，而七等生負責外場。當時在藝文圈地位崇高，戰後最重要的京劇劇作家，曾任文化大學戲劇系主任的俞大綱是「文藝沙龍」常客之一，每週至少來一次。雖然當時七等生寫作尚有限，但他讀過七等生作品，也對他極為關懷。有一回他帶著歸亞蕾到「文藝沙龍」來，在四人一桌的位置上，也特別要求七等生能坐下來與他們聊談，餐後還都要特別跟七等生握手道別後才離去，這頗引起當時在「文藝沙龍」聚會的年輕文學人的不滿，以至於在那次聚會後圍上來對七等生出言不遜，這段在「文藝沙龍」供職期間並不

長，一個多月後便被老闆以不適用要求離開。就在那個階段，有些當時藝文界的年輕詩人們，甚至會故意來找他辯論，他的答覆往往讓他們不滿，因而甚至會有辱罵、動粗的行為，這也是埋下他後來決定離開臺北，返鄉復職的原因之一。他與臺北文藝圈的格格不入，在「文藝沙龍」工作一個多月期間的遭遇，已經說明了一切。

當時羅珞珈是少數很欣賞很照顧他的朋友，也因為這樣七等生當時面對別人的質疑指責，即使感到不悅，他也都必須忍住。文壇傳言羅珞珈後來與龍思良的分手是因為七等生的介入，但當事人卻不這樣想，七等生覺得即使後來龍思良聽聞此事非常生氣，但當他們見過面把話談一談後，龍思良也就了解，事情也就過去。七等生認為，不久之後他短暫到天母擔任代課老師之後，便設法希望復職，但七等生說，要在當時的臺北復職教師工作，沒有錢是不可能的，這也是後來他為何於 1969 年離開臺北，前往霧社擔任代課老師，一年後回通霄老家復職，並擔任小學老師到退休的原因。

這段「文藝沙龍」的工作時間雖不長，但讓他了解自己並不適合臺北的文藝圈，當時雖然他感受到大家不太能接受他，但羅珞珈卻一直對他非常好，把他當作朋友，他回到通霄之後，羅也經常給他寫信。甚至和羅在一起的一些朋友包括曹又方等，都是最能夠接納他，把他當朋友的人，他們後來雖不常碰面，但相處的感覺宛如家人那樣自在。

第二章

魔幻城市與七等生
小說中的隱遁者形象

一　七等生的創作、入城與《文學季刊》

　　第一章所敘述的 1960 年代臺灣，以及臺北文壇與咖啡館氛圍，我們可以得知當時社會環境雖然尚未進入工業社會的年代，但經由臺北的咖啡館文化，以及豐富的文化、文學交流，已讓我們一窺將近半世紀前具有的充滿青春叛逆的前衛感受。而當時剛踏入文壇的七等生就在這樣一種充滿耳語、禁忌，卻又騷動異常的時代環境下，開始他的寫作生涯。

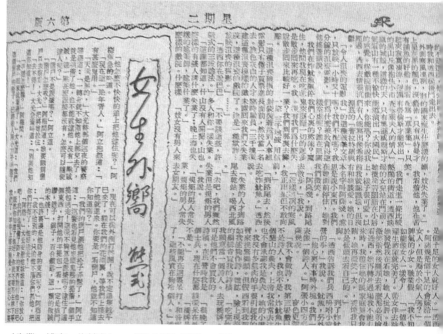

〈失業、撲克、炸魷魚〉，《聯合報》副刊，6 版，1962.04.03。

1962 年是他開始寫作與投稿的一年，當時他已從原來就讀的臺北師範學校畢業，由起初分派的臺北縣瑞芳鎮九份國小改調到萬里國小任教，這位才華洋溢、充滿寫作能量的年輕人當時只有二十三、二十四歲，他開始向《聯合報》副刊投稿並且引起主編林海音的肯定，於是在她的鼓勵下，七等生在半年內先後發表了包括〈失業、撲克、炸魷魚〉、〈橋〉、〈圍獵〉、〈午後的男孩〉、〈會議〉、〈白馬〉、〈黑夜的屏息〉、〈早晨〉、〈賊星〉、〈黃昏，再見〉、〈阿里鐹的連金發〉等十一篇小說，

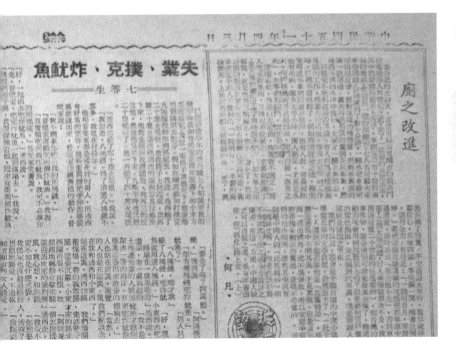

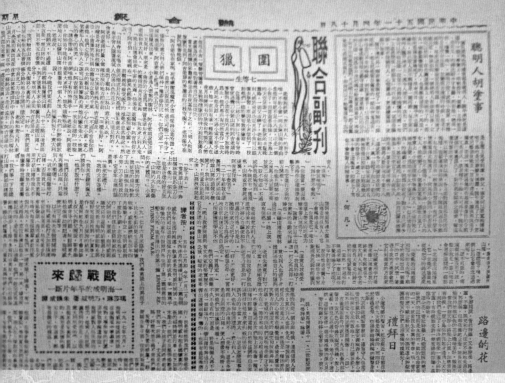

〈圍獵〉，《聯合報》副刊，6版，1962.04.18。

〈黃昏，再見〉，《聯合報》副刊，6 版，1962.08.07。

中華民國五十一年五月三日

聯合副刊

※※會議※※

※七等生

〈會議〉，《聯合報》副刊，6 版，1962.05.03。

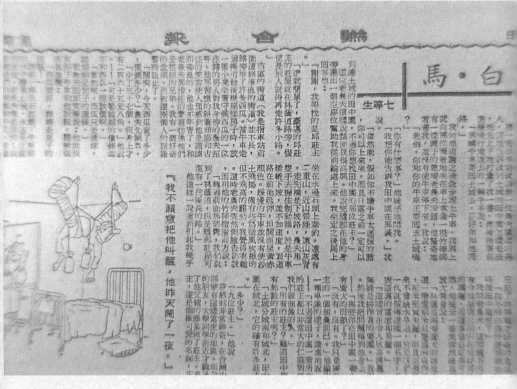

〈白馬〉，《聯合報》副刊，6 版，1962.06.23。

黑夜的屏息

七等生‥‥‥

〈黑夜的屏息〉，《聯合報》副刊，6版，1962.07.21。

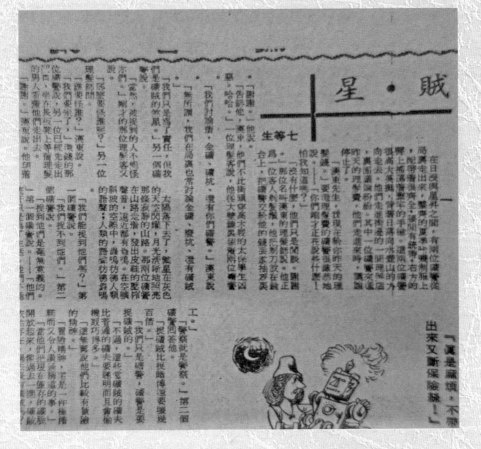

〈賊星〉，《聯合報》副刊，6 版，1962.07.28。

〈阿里鐋的連金發〉，《聯合報》副刊，6 版，1962.09.16。

五億港紙「獻金」

何凡

阿里錢的連金發

·七等生·

曉言　副刊

以及〈黑眼珠與我〉、〈囂浮〉、〈狄克、平凡的女人、漁夫〉等散文。那一年，與他感情甚好的大哥玉明因肺病過世，這是繼年幼時父親早逝，及弟弟妹妹不得不前後送人領養，一家在骨肉流離的哀痛中成長起來的七等生，年輕時期另一個悲痛的生命打擊。這些悲痛的經驗可以說都深烙在他的生命記憶中，使他對這世界的美醜有著早熟又悲觀的看法，如他在早先遠景版小全集中說的——冷眼看繽紛世界，熱心度灰色人生——人生如果有色彩，它的底色是灰色的，即使世界看起來很繽紛。

左圖：1962 年，七等生 23 歲時
　　　攝於九份。
右圖：〈黑眼珠與我〉連載於《聯
　　　合報》副刊，內容分為多
　　　個小主題。

黑眼珠與我
七等生

春夜

嫉妒

黑眼珠和我
七等生

媽祖生

1964 年他從軍隊退伍，重新回到萬里國小任教，並且開始在由一群當時臺大外文系學生白先勇、王文興、陳若曦、歐陽子等人創辦，專門譯介西洋文學與思潮的《現代文學》雜誌發表小說，如〈隱遁的小角色〉、〈讚賞〉、〈綢絲綠巾〉等都是該年的著作；而 1965 年他和妻子許玉燕結婚，婚後他毅然辭去了教書的工作，除繼續在《現代文學》雜誌投稿外，也開始在當時剛由吳濁流創刊的《臺灣文藝》投稿。

　　隔年，一個極特殊的機緣促成了他和如今看來意義重大的臺灣文壇重量級人物，尉天驄、陳映真、施叔青等人認識，並開始創辦《文學季刊》的編輯工作。《文學季刊》之所以具有重大意義在於，雖然只出刊了十期（1966 ～ 1970）就停刊，其中卻集結過包括黃春明、王禎和、陳映真、七等生等最具有臺灣文學代表性的作家，最好的作品如黃春明的〈青番公的故事〉、〈溺死一隻老貓〉、〈看海的日子〉；王禎和的〈來春姨悲秋〉、〈嫁妝一牛車〉；陳映真〈唐倩的喜劇〉、〈第一件差事〉、〈六月裡的玫瑰花〉；七等生的〈放生鼠〉、〈精神病患〉、〈我愛黑眼珠〉等都是在《文學季刊》發表。而七等生在前五期都稱職地扮演著編輯的角色，甚至如黃春明、雷驤、沙究等幾位文學素質極高的寫手，也都是因七等生的引介，開始在《文學季刊》發表作品。

然而，在第五期之後，七等生便和沙究相偕離開了《文學季刊》，甚至在後來與美國西雅圖華盛頓大學研究生安若尼‧典可的通信中，他都以非常嚴肅而悲憤的語調回顧了他在《文學季刊》時期的不快樂經歷。這個曾被七等生重要研究者張恆豪稱為七等生「入城時期」的階段，可以視為是塑造七等生之為七等生的關鍵轉折期。因此，值得注意的是，《文學季刊》時期的經歷，究竟為這位充滿哲思的年輕創作者七等生帶來怎樣的衝擊與問題？

　　關於「入城時期」，1982 年七等生在〈給安若尼‧典可的三封信〉的信裡提到他早年參與《文學季刊》時的處境，對了解七等生入城與離城的原因有重要交代：

　　我的第一篇作品〈失業……〉發表於聯副即受到注意，之後連續發表十多篇，並且發表給《現代文學》。我真正的失業不久，他們（尉天驄等）就邀我於鐵路餐廳談創辦《文學季刊》的事。在最初的 1-5 期，我都有實際參與編輯和選稿；我和老尉在他的政大宿舍一起工作（跑印刷廠、校對、設計版面）。有一次大家去訪問兩位美國青年，一位是留學生，一位是地理雜誌的攝影和撰稿記者。那時是越戰和美國國內的學園反戰的年代。這兩位美國人向我們大談嬉皮和大麻煙的境界，以及放披頭四的歌並分析

給安若尼‧典可的三封信

●七等生

【編者按】：這份資料取自中央圖書館收存的作家檔案，原是七等生寫給安若尼‧典可的私人信函，因具有文學意義及文獻價值，特徵得七等生同意，於本刊披露。

安若尼‧典可：

我很高興你有興趣讀我的作品，你是我所知第二位想研究我的寫作的外國人，第一次是一對留華的法國青年夫婦 Antonie Fillet er An-melle ，他們是經在台灣工作的外國神父介紹來的，而你是我所敬仰的詩人楊牧的弟子。首先我希望你能瞭解我的寫作是由於我個人生活的苦悶，以及對周遭環境的觀察。我並不覺得做個作

家就特別感到榮耀，作家和一般人都是相同的是人，我盼望和期待超越現在的粗陋而強硬的理性層次到達感知和纖細的人生境界。我知道這必定要透過生活的痛苦經驗，尤其在東方的世界，許多人都必須經由這種考驗和劫難。我對現實並沒有做直接的辯論，可是現實依然有形無形存在於我作品的文字之中，它們不是我直接要描述的對象，而是一種提引，是一條要進入的路，經過它的鋪陳，去到另一個地域。我所以要這樣的告訴你，是希望你能避開某些讀我作品的批評家所做出的斷章取義的結論。當然我無法說出作品那些是真正的要旨所在，它們需要去感覺，而且有必要去選擇，從中感受或捨棄。

他們。由於陳永善（即陳映真）設計的這個訪問的居心是想藉美國人來反對美國（他的作品可以證明這點，那次的訪問紀錄亦可證明），因此我在這次的訪問之後，內心即有所決定，不再和他們在一起。當然不只為了這樣的訪問，還有很多他們的言行，讓我看出他們內心的跋扈，當我發表〈精神病患〉〈放生鼠〉時，他們都表稱讚；我隨後發表〈我愛黑眼珠〉〈灰色鳥〉等作品，他們就搖頭，以為我走的路線不對，以為我沒有理想和使命感，而且不寫實。包括很多文藝界的人，都認為我是個人主義者和虛無主義者，認為我病態。從此以後，我就不再和其他的作家有熱切的交往，只寫我的作品，過我自己的生活，從城市回到鄉下。（七等生，〈給安若尼·典可的三封信〉）

　　這段文字提到他在 1966 到 1967 年《文學季刊》最初的一至五期，都有實際參與編輯和選稿；和尉天驄一起跑印刷廠、校對、設計版面。但在〈我愛黑眼珠〉、〈灰色鳥〉等作品發表後，他的文學路線卻引起了批評，甚至被指為「病態」。尤其在一次為雜誌安排的「訪談」中，七等生特別提到「由於陳永善設計的這個訪問的居心是想藉美國人來反對美國（他的作品可以證明這點，那次的訪問紀錄亦可證明）」，因此在這次的訪問之後，他內心即有所決定，不再和他們在一起。而且他認為這些言行，反映的是「他們內心的跋扈」。

左頁圖：〈給安若尼·典可的三封信〉，《臺灣文藝》，96 期（1985.09）頁 71-77。

這段文字值得注意之處，首先是他當時以「失業」狀態參與《文學季刊》的，「失業」者，無固著之身分標記，一個漂游的意符，意義可能過多——因為無所歸屬，時間可能較多，也可能太少——。然而，據其多年後披露的信件，當時他的失業——即離開原來任教的萬里國小，並非被迫離職，而是自動去職，這當然有他對在國小教學環境的不滿等因素，但主要重點是，他當時對文學創作充滿熱情，夢想移居臺北，全力發展寫作[1]。但隨後因與《文學季刊》理念不合，他發現了自己的過度天真，同時也因此迫使他「從此之後，我就不再和其他的作家有熱切的交往，只寫我的作品，過我自己的生活，從城市回到鄉下」。

　　對照其附在遠景《七等生全集》後「七等生生活與創作年表」中 1965 至 1969 年條下載明：

- 1965 年：與許玉燕小姐結婚，12 月，辭去教職。繼續在《現

1　七等生在萬里國小前後任教兩次，共約兩年左右（1962、1964 年至 1965 年 1 月，其中 1962 年 10 月至 1964 年 10 月為入伍服役）。其最後辭去萬里國小職務，主要和他不適應當時國小任職的某些褊狹的作風有關，但另一個重要的因素是他當時已開始寫作，也開始投稿《現代文學》，對寫作的熱誠和生活的不遇使他說過「除非有朝一日能成名，否則不再與蔡姐（按：蔡碧蘭，當時萬里時期的重要友人）聯絡」，參林瑞雲寄七等生信函，葉昊謹，〈七等生書信體小說研究〉，附錄三，成大中文所碩論，1990 年 7 月，頁 135。同時參其年表，他剛辭去教職時，曾「在臺中東海花園楊逵家暫住數週」，顯然有文學朝聖的意味。

代文學》和《臺灣文藝》雜誌發表作品，計有〈獵鎗〉等六篇。

- 1966 年：在臺中東海花園楊逵家暫住數週。與尉天驄、陳映真、施叔青相識於臺北鐵路餐廳，創辦《文學季刊》，發表〈灰色鳥〉等七篇小說。獲第一屆「臺灣文學獎」。

- 1967 年：長子懷拙出生，發表〈我愛黑眼珠〉〈精神病患〉等六篇小說。獲第二屆「臺灣文學獎」。

1968 年，攝於蘭雅士東國小。七等生與妻子、兒子懷拙。

- 1968 年：認識龍思良與羅珞珈夫婦。發表〈結婚〉等 15 篇小說及詩作。
- 1969 年：女兒小書出生；9 月，離開臺北獨往霧社，在萬大發電廠分校任教。發表〈木塊〉等三篇小說。出版短篇小說集《僵局》（林白出版社，絕版，現由遠景出版事業公司出版）。
- 1970 年：攜眷回出生地通霄定居；9 月，在國民小學復職任教。發表〈巨蟹〉等七篇小說，出版小說集《精神病患》（大林出版社，絕版，現由遠景出版事業公司出版）。

　　以上資料載明了約二十六到三十一歲的青年階段，七等生經歷了結婚、生子等人生重大事件，但在婚後初要挑起家庭擔子的當兒，他卻辭去了教職，以失業狀態參加《文學季刊》之創辦[2]，足見當時他對文學的熱誠純真。但在《文學季刊》之後，一方面是和文壇理念不合，一方面也需要正職養家，最後他不得不先到霧社小學任職，然後再轉回出生地通霄定居，並離開了臺北。我們從七等生在這段時間結集出版的第一、二本小說集《僵局》、《精神病患》的書名就可以看出當時那種憂患的色彩，而《僵局》一名也說明了他當時和整個大環境的「僵持現象」。

2　當時七等生主要是做短暫的工作，據〈致愛書簡〉資料，至少曾供職於文藝沙龍。

《僵局》的出版也反映七等生與大環境之間
的「僵持現象」。

在〈給安若尼‧典可的三封信〉的信中另一個值得注意的點是，在信裡七等生特別提及那場「這個訪問的居心是想藉美國人來反對美國」的訪談設計者是「陳永善（即陳映真）」，並且為了證明陳映真做法的一貫性，他特別以小括號——（他的作品可以證明這點，那次的訪問紀錄亦可證明）——來加強說明。換言之，七等生認為陳映真的做法其來有自，不僅從那次訪談紀錄，從他的作品也可以看出。而其中「當然不只為了這樣的訪問，還有很多他們的言行，讓我看出他們內心的跋扈」這樣激烈的用詞，可以看出至少在寫給安若尼‧典可書信的當下，他內心的不滿之強烈。

對照陳映真創作及生活經歷，1968 年 5 月約在七等生離開《文學季刊》不久，陳映真即以「民主臺灣聯盟」案遭檢舉判刑十年[3]，到 1975 年方因先總統蔣介石百日忌辰特赦減刑三年

3　1968 年 7 月陳映真獲甫成立的愛荷華寫作工作坊「國際寫作計畫」資助，在赴美前夕卻遭政府當局逮捕，政府以該組織聚讀馬列共黨主義、魯迅等左翼書冊及為共產黨宣傳等罪名，逮捕包括陳映真、李作成、吳耀忠、丘延亮、陳述禮等民主臺灣聯盟成員共三十六人，民盟成員各被判十年刑期不等，此即所謂的陳映真事件。其中丘延亮時為臺大考古人類學系學生，因入獄遭退學，出獄後申請復學不果，1983 及 1988 年完成美國芝加哥大學博士論文初稿，申請中央研究院研究員遭以政治理由拒絕，至今仍流落海外教學維生，此案或稱「丘延亮案」，日前方由總統府人權諮詢委員會、國史館、行政院文建會、國家檔案局及財團法人戒嚴時期不當叛亂暨匪諜審判案件補償基金會共同評選出來的「戒嚴時期十大代表性政治冤案」。此案即與 1949 年山東流亡學生案、1952 年中壢義民中學案、1952 年鹿窟事件、1953 年原住民湯守仁、高一生案、1960 年雷震組黨案、1961 年蘇東啟案、1964 年彭明敏案、1972 年黃紀男、鍾謙順案、1979 年美麗島事件等同列「戒嚴時期十大代表性政治冤案」之一。

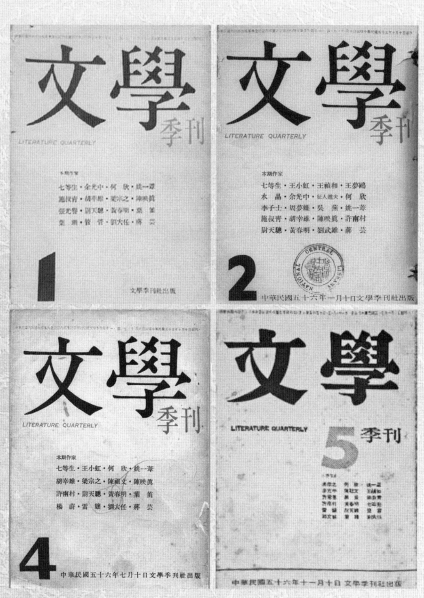

七等生參與、主編前五期《文學季刊》。

出獄。七等生這篇寫於 1982 年與華盛頓大學研究生安若尼‧典可的通信，後來不但選擇在《臺灣文藝》發表（《臺灣文藝》，第 96 期），並且也並不忌諱地在後來的《七等生全集 8：重回沙河》中刊出，自然有其一定的針對性。被七等生引為重要知音的安若尼‧典可，當時是楊牧在華盛頓大學研究所的弟子，也是最早對七等生作品有研究興趣的外國人。或許因此，這位楊牧的弟子得到七等生特別熱誠的回應。三封信中第一封談及自己的創作觀、寫作閱讀的影響；第二封談及其以「七等生」為筆名的來源及自己的創作年表；第三封則論及他在文學圈裡的參與和心得，其中《文學季刊》的參與與退出就記錄在第三封信中。

這封信末段並提到在《文學季刊》的參與經驗後，他對參加文學團體的感受：

參加文學季刊使我對寫作界有較廣的認識，也懂一點中國文人的某些可鄙的野心。我在離開文季後寫的作品更多更順手，更能表現我個人的風格。我一點也沒有感覺、沒有參加什麼團體會影響到我的寫作，反而覺得參加什麼團體一定會喪失很多個人的創見。所以有人認為我不是文季的人是完全正確的，那不是什麼光榮，反而是一種陷阱。（七等生，〈給安若尼‧典可的三封信〉）

七等生給安若尼‧典可這封信的書寫時間即 1977 年發生鄉土文學論戰之後的 1982 年，當時鄉土派、現代派對立的態勢已明顯形成，因而七等生提出「有人認為我不是文季的人是完全正確的，那不是什麼光榮，反而是一種陷阱。」可見他完全不反對自己與一般認為的鄉土派做區隔，甚至堅持認為以「尉天驄班底」為主的現實主義文學，絕對不是一條正確的道路。

　　這些在過去曾尖銳對立的思想觀念，隨著臺灣文學與社會場域及思潮的變化，已經有了些許甚至相當大的不同。比如臺灣存在主義理論先鋒，也曾經是保釣大將之一，曾經私下批評過七等生文學虛無性的著名小說家郭松棻，在他過世前於美國住所接受小說家舞鶴的訪談中，便轉而強調七等生的文學是他所認知臺灣作家中，具有最好最高成就的作者；另如《文學季刊》時期結識的文學家與學者尉天驄，雖然曾在《文學季刊》之後出版的《文季》雜誌批評過歐陽子、王文興等現代派的文學，但他後來也曾多次公開或私下（筆者本人即尉天驄學生，即曾親耳聽他提過）表示，他過去對現代派的批評是過度激烈、有所偏差的。

　　嚴格說起來，在《文學季刊》時期，大家都是寫作的朋友，即使觀點不同，並未在言語或行為上真正發生過大的爭執。然而，以 1965 到 1970 年那樣的年代，七等生由進入臺北到離開

臺北甚至攜眷回鄉，這段「入城」到「離城」的階段，七等生雖然在寫作上充滿潛力與能量，卻無法在周遭文學圈中找到一群能接納理解他的文學伙伴，甚至遭到誤解，這對當時如火燒般熱熾地追求文學的寫作者七等生來說，無疑是莫大的打擊與傷害。

二 充滿爭議的城市寓言：〈我愛黑眼珠〉

這段入城經驗的衝擊，使他逐漸有意識地在作品中置入「城市」、「小鎮」這兩個具對比意義的意象。其中著名的問題小說〈我愛黑眼珠〉正是典型的代表作。這篇小說設定了主角李龍第是位安靜、憂鬱、無業而又身分不明的男子，他依靠在特產店工作的妻子晴子為生，一天正當李龍第計畫在晴子下班後一起去看電影時，一場彷彿潰堤般奔騰狂瀉出萬鈞水量的大雨阻擋了他們，使他們一時找不到彼此，這時帶著麵包和香花的李龍第卻看到城市裡的人們變得倉皇無主四處奔逃，甚至因為為攀上架設的梯子好爬上屋頂，竟開始爭先恐後甚至以無比自私和粗野的動作排擠和踐踏著別人，李龍第為此感到可恥，並且感慨地說他寧願抱著巨柱與巨柱同亡。

這篇小說隨後展開的是該文最受爭議的情節片段：在大水

七等生最知名的代表作《我愛黑眼珠》。

中李龍第聽到有呻咽央求的聲音，他看見一個軟弱的女子的影子趴在梯級下面，仰著頭顧掙扎著要上去卻太虛弱了，李龍第因此背負著她一級一級爬上屋頂，直到隔日天亮後，斷續的哀號逐漸停止。東方漸明時，李龍第看見晴子就在對岸，而晴子也看見他了，但李龍第這時心裡卻這樣自語：我但願妳已經死了，不要在這個時候像這樣出現。這段文字是後來引起許多評論者不解甚至不滿，而引起批評的地方。其中最經典的批評是如著名的臺灣文學評論家也是小說家葉石濤，在一開始就提出的問題：為何李龍第要移情別戀於一個妓女？

此一從道德倫理的角度加以質疑的聲浪，自這篇小說發表後的 1967 年到發生鄉土文學論戰的 1977 年達到高峰，據多年後張恆豪編選的第二本論文集《認識七等生》後所收錄的從 1966 年 3 月到 1992 年 12 月 31 日止的 97 篇訪談和評論中，1977、1978 兩年中就高達有 19 篇評論、兩篇訪談，而 1976 年也有 15 篇評論之多，足見這篇文章在當時的爭議之大。

1976 年，在〈我愛黑眼珠〉備受爭議時期，七等生曾以少有極端悲憤無奈的心情寫下〈真確的信念──回應陳明福先生〉，激烈抨擊當時發表於《中外文學》的陳明福〈李龍第：理性的頹廢主義者──再論七等生的我愛黑眼珠〉一文。當時對七等生誤解較深的葉石濤、劉紹銘及站在辯護立場的周寧、

陳國城、高全之等人的論述均已發表，而陳明福主要論點據研究者張雅惠的整理為：

陳明福認為人類的心靈活動，除了道德的範疇之外，另有非道德而具體生動的一面。對於〈我愛黑眼珠〉一文的評論，道德的一面固然重要，但非道德的一面卻更值得人們留意，因為比起那些俗世瑣碎的道德戒律，它更屬於生命「存在」的一面，他稱讚七等生生動地刻畫繁複的人性，為當代人消解苦悶、淨化心靈。他強調富於人性價值的藝術品，不必皆是口說的仁義道德，藝術美與藝術醜皆屬「美」的範疇。

令人好奇的是，如果陳明福意在稱許他作品的藝術價值，七等生為何又如此激動呢？從七等生這篇回應文可以發現，其焦點正在陳明福的解釋中有這麼些句子：

李龍第基於自然力之不可抵抗，而懷疑起「人類自己堅信與依持的價值恆在？」懷疑之餘，他乃肯定人類自己堅信與依持的價值是不可能恆在的，於是他「慶幸自己在往日所建立的曖昧的信念」使他在洪流災難之中，「感受到的只是最少的痛苦」。
李龍第之懷疑、否定人類自己堅信與依持的價值的恆在，乃是透過他那狹隘且畸零的眼角所見所得的；他所慶幸的乃是，他

的價值取向與俗世所追求的大不相同。

李龍第只看到他個人特殊的外在條件組合與特殊的心靈狀態之下所能見所能肯定的。至於他的情況「以外的理念」呢？他實在沒有想得太多，甚至我們可以說在他的畸零的心態之下，「其他人類」為什麼要肯定「某些價值」，實在是未經思想，已先懷疑，已先否定，而這些乃統統涵蓋在他的「往日所建立的曖昧的信念」裡面。

因此我們還可以說，李龍第的價值取向與俗世所不同者，只是他以無價值取向，否定價值取向為最後的價值取向。

因此，俗世所追求的不論是權力或私慾，其中所可能蘊涵的一點希望、理想、衝動和狂熱，在李龍第的信念中，是完全不存在的。

何以一切皆無可執著？因為，李龍第在現實中的挫敗經驗。

但是我們在此說他頹廢卻不表示他不夠理性或思想不夠深度，相反的，卻是因為他有足夠的理性所以才能對困難的環境提出自省和自覺，會有以無價值取向為價值取向的頹廢主義出現，亦因此故，我們將他說是一個理性的頹廢主義者。

這裡面強調的，李龍第「慶幸自己在往日所建立的曖昧的信念」使他在洪流災難之中，「感受到的只是最少的痛苦」、「李龍第的價值取向與俗世所不同者，只是他以無價值取向，

否定價值取向為最後的價值取向」、「因為，李龍第在現實中的挫敗經驗」、「理性的頹廢主義」等文字都讓七等生激昂異常，而少見地以長文為自己辯護。究其實，陳明福是點到了七等生整個作品文學的特質的一些重點，比如「非道德取向」、「現實中的挫敗」等。但為何七等生如此憤怒，其中主要關鍵應該是，經過陳明福望之成理的辯證推論，結果變成是——李龍第感受到的是「最少的痛苦」。

為了證明自己在創作中屢遭誤解的「痛苦」，七等生在文中陳述了一段經驗：

自我寫作以來，我的文學風格，所遭受的詆毀和誹謗豈止文評耳，當我在臺北供職於文藝沙龍咖啡室，有些極端者與我交談爭論後，即唾沫於臉上離去，我只有默默受辱掏手帕擦掉；更有甚者天天坐櫃臺前，怒目視我，侮罵之言朝我擲來，我保持沉默數日，不加理會才終於消影。

作者實際的生活經驗和作品中人物的經歷是否「同理可證」，當然仍有討論空間，不過以上的經歷描述倒是提醒我們，七等生與文壇信念之對立並不始於他離城回鄉後的 1960 年代末、1970 年代初，而早在 1966 到 1969 年間他居留臺北的「入

城時期」已經開始。而且著名的〈我愛黑眼珠〉正寫於這段「入城時期」，那麼他的寫作以來「痛苦」的現實根源，有一大部分是否也來自臺北？確然，因為此後「七等生的創作想像裡，有一股強大的力量，驅使他自覺地與以『臺北』都會為中心的菁英文化／文學系統保持相當的距離。」

　　如果我們仔細探究小說的表面情節，小說主角李龍第確實拋棄了晴子，但就李龍第的追尋而言，他從未拋棄過晴子，他之放棄在河對岸的妻子「晴子」而拯救妓女，不但在他因為眼見弱女子在梯子邊掙扎無力上爬而已然幫助她「爬上屋頂」這一「當下存在的事實」，最重要的還在於當他發現自己心愛的晴子時，他發現懷抱著那位被他所救上屋頂的女子也有一雙他所追尋的「黑眼珠」，因此這時現實中名稱「晴子」的對岸晴子不再是他精神上真正掛意的「黑眼珠」，同時當那女子告訴他李龍第「在這城市中我是一個妓女」時，名相的妓女也不只是一個陌生女子。這種妻子「晴子」與妓女同時有著黑眼珠的情節，在一般寫實小說裡其實是見不到的，然而這篇小說則以一種特殊的疊影人物手法，不但寫出了同樣有著黑眼珠的兩位女性——晴子與妓女，同時又以人物分化手法，讓李龍第同時又變成是「亞茲別」。關於這個充滿奇特情節的故事，讓我們再靠近一些，更仔細地來看看到底發生了什麼事？

三 「洪水」災難：城市的「震驚」經驗

　　首先，一場災難性暴雨形成的大水鴻溝，是〈我愛黑眼珠〉一文情節發生重大轉折的關鍵事件。它像是末日洪荒的大水，也是民族發源史上的洪水，是毀滅的意象，也是新生的象徵，隔開了過去與未來，讓一切只剩下「當下」。洪水之前，李龍第有晴子這個心愛的妻子（也可能是情人，本文以妻子視之），而且他為晴子買了葡萄乾的麵包和一朵香花，準備在接到她時要和她一起去看電影。但一場大水把一切都改變了，當兩人重新照面時，場面卻是——李龍第摟抱著一個陌生的女子，而晴子在對岸出現了。這個戲劇性的場面考驗著的不只是李龍第，也是晴子。「人的存在便是在現在中自己與環境的關係」。之前當他看到這場空前的洪水景象時他想著「即使面對不能避免的死亡，也得和所愛的人抱在一起啊。」但當他發現「人們爭先恐後地攀上架設的梯子爬到屋頂上，以無比自私和粗野的動作排擠和踐踏著別人」（〈我愛黑眼珠〉，《七等生全集2：我愛黑眼珠》）他漸漸覺醒而冷靜下來，覺悟了「自己在往日所建立的曖昧的信念現在卻能夠具體地幫助他面對可怕的侵掠而不畏懼」。現在，面對他「在現在中自己與環境的關係」，他只好這樣想：

他內心這樣自語著：我但願妳已經死了；被水沖走或被人們踐踏死去，不要在這個時候像這樣出現，晴子。現在，妳出現在彼岸，我在這裡，中間隔著一條不能跨越的鴻溝。我承認或緘默我們所持的境遇依然不變，反而我呼應妳，我勢必拋開我現在的責任。我在我的信念之下，只佇立著等待環境的變遷，要是像那些悲觀而靜靜像石頭坐立的人們一樣，或嘲笑時事，喜悅整個世界都處在危難中，像那些無情的樂觀主義者一樣，我就喪失了我的存在。

這個想法看來像個荒謬的詭辯，卻是人在時空變化當下，辨識和把握自己的主體性而有的自然反應，是「心的信念如何付諸行動的歷程」。那麼如果晴子和他的心能相通，也許就能協助他完成他的信念，等一切過去，他們的關係會重新進展到另一種層次。但晴子並不知道她所見並不如她所想，她不斷地喚叫著李龍第無效後轉為咒罵，而只能自言自語地細說著往事，並且在看到妓女吻著丈夫時懷著近乎瘋狂的痛恨落水想泅過來，以至於被沖走。李龍第筆下的晴子其實是一般人的反應。但七等生不斷以李龍第怪異的冷靜提醒我們：

是的，每一個人都有往事，無論快樂或悲傷都有那一番遭遇。可是人常常把往事的境遇拿來在現在中作為索求的藉口，當

他（她）一點也沒有索求到時，他（她）便感到痛苦。人往往如此無恥，不斷地拿往事來欺詐現在。為什麼人在每一個現在中不能企求新的生活意義呢？

人要在每一個現在中企求新的生活意義，因此洪水形成的鴻溝使他們的關係無法（至少暫時）恢復到之前，所以李龍第說「妳說我背叛了我們的關係，但是在這樣的境況中，我們如何再接密我們的關係呢？」、「無論如何，這一條鴻溝使我感覺我不再是妳具體的丈夫」（〈我愛黑眼珠〉，《七等生全集2：我愛黑眼珠》）。李龍第和晴子中間顯然需要進一步的「溝通」以達到彼此的了解。但在李龍第以沉默面對晴子的呼喊，晴子也無能了解李龍第沉默的意涵之下，李龍第變成了亞茲別，晴子變成了瘋子，洪水的隔閡埋下了兩人分離的開端，不能恰當地溝通進一步造成巨大的誤解。如洪銘水所言「人與人之間最大的悲劇，莫過於相愛的人在心靈活動的軌道錯過交會的點面，以致未能達到無言而喻的神交境界。」（洪銘水，〈〈我愛黑眼珠〉的道德挑戰〉，《認識七等生》）

文中最後，當洪水退去，準備回家的李龍第想著：

我疲倦不堪，我要好好休息幾天，躺在床上靜養體力；在這

樣龐大和雜亂的城市，要尋回晴子不是一個倦乏的人能勝任的。

在〈我愛黑眼珠〉發展到這裡，可以說七等生以洪水事件將「城市」比喻為一個遭遇震驚經驗的魔幻所在，它可以在一夕之間將一切有形無形之物拆毀，將所有人類原有之固著身分、人際關係與情緒皆予延擱與破壞，使「系統」之控制力崩解，也等於讓末日與降生同一。

李瑞騰曾有一文戲擬七等生另篇小說〈期待白馬而顯現唐倩〉的名字，將他自己的評論題為〈期待晴子而出現妓女——論七等生《我愛黑眼珠》〉。這篇評論可以稱得上有史以來，在環繞〈我愛黑眼珠〉的眾多主題爭議之中，最簡明扼要的總結，也點出了七等生現象的核心。他說：

就像從陳映真小說〈唐倩的喜劇〉變奏而來的〈期待白馬而顯現唐倩〉，白馬所帶來的土地之富饒是一種浪漫的憧憬，而現實中存在的盡是世俗潮流的追逐，這種衝突是一種結構性的、本質性的；同樣的，李龍第的期待晴子而出現妓女，雖然努力地想斷絕現實及過去，在「現在」中「企求新的生活意義」，但終究只是一種短暫的滿足，他最後還是得在「龐大和雜亂的城市」去「尋回晴子」。

在「期待」（理想）與「顯現」（現實）的衝突之下，「事與願違」成了七等生重要的小說主題。（陳義芝主編，《臺灣文學經典研討會論文集》）

是的，七等生的重要小說主題便是——事與願違。李瑞騰這篇論文不僅在他非常扼要地點出「事與願違」正是七等生最重要的小說主題，而且他的論述方式剛好將七等生向來遭人詬病的〈我愛黑眼珠〉的倫理問題以反面解讀的方式加以巧妙翻轉。李瑞騰以「期待晴子而顯現妓女」為題不但說明了「期待」（理想）與「顯現」（現實）往往極難協調的結構性衝突，而且輕鬆地反駁了葉石濤以來「到底為著什麼李龍第忽然移情別戀一個妓女？」的倫理批判，提醒我們李龍第和七等生的〈期待白馬而顯現唐倩〉一樣，原本期待的是「晴子」卻陰錯陽差地顯現為「妓女」，「妓女」的名相是後現的，人之受苦正因總要受到「過去」、「未來」時間之流的擺弄和操縱，只能在當下作有限的選擇，不能自由抉擇的不幸。「當下」的時空限制，說明人存在的具體困境。

如此，個人與社會的關係，正如〈我愛黑眼珠〉中李龍第與「洪水」災難中的「城市」之關係：

他完全被那群無主四處奔逃擁擠的人們的神色和喚叫感染到
共同面臨災禍的恐懼……當他看到眼前這種空前的景象的時候，
他是如此心存絕望；他任何時候都沒有像在這一刻一樣憎惡人類
是那麼眾多。（七等生，〈我愛黑眼珠〉，《七等生全集》）

　　沒有防備而突然降臨災禍的城市，這時最大的「罪惡」往
往因為「人類是那麼眾多」，他們的無主四處奔逃、擁擠和喚
叫讓人感染到共同面臨災禍的恐懼，這就是七等生筆下的魔幻
城市與城市震驚經驗。

四　在回到小鎮的橋上：附魔的吶喊者「亞茲別」

　　經由以上討論，如同《百年的孤寂》筆下老邦迪亞帶著家
族找到的荒涼沼澤叢林——馬康多。七等生筆下一系列「小鎮」
的空間意象，作為「城」的對比[4]，「小鎮」或者等同於隱遁者
避居之所，或者以「沙河」為名，是確定又否認的曖昧之所，
既是母性空間的救贖地，也是恐怖的力量的來源。如同馬森在

4　小鎮在七等生向來意象浮動的作品中意涵當然也非固定不變，有時他也作為和城
　市相同的指涉，那人類所居的超現實空間，充滿著魔幻色彩。不過大部分時候言，
　其小鎮是與鄉村一樣作為與城市對舉的意象在作用的，這也是他系列辯證對立意
　象，如男 VS. 女、城 VS. 鄉、自我 VS. 群體、黑橋 VS. 白橋、李龍第 VS. 亞茲別、
　晴子 VS. 妓女、白馬 VS. 唐倩中最基本的原型。

〈隱藏在本土的一塊美玉（下）——談七等生的小說〉中說的，七等生的小說中大量出現充滿鬱綠的典型的臺灣小鎮的色彩，指向一定的「臺灣」意象的寫實性[5]。

　　其中〈來到小鎮的亞茲別〉即是最典型的代表，「小鎮」作為「回到生命的出發」又像是「生命的終點」，充滿如冥界深淵般的死亡和絕望，當童話作家的朋友「唐」不斷邀他回去小鎮：

　　在此刻的憂傷中，亞茲別的頭腦回想到童年時代的小鎮，那迅速淡逝不可思議的童年，亞茲別沒有甜蜜和快樂的記憶，去深刻著貧窮和疾病的印象。「什麼時候到小鎮來？」唐像引他走向生命的終點——小鎮；像回到生命的出發——小鎮。亞茲別常把這種聯想結合一起而深覺恐怖和絕望[6]。

　　這樣的「小鎮」、「故鄉」其實並不令人陌生，如魯迅〈故

5　馬森，〈隱藏在本土的一塊美玉（下）——談七等生的小說〉中認為七等生「作品中常常為黎明或黃昏的蒼灰色或黯夜的黑色所統御」，而「日午的亮綠與海藍也形成了七等生作品中另一個強烈的對比」，「我覺得在某一種程度上七等生較之他同輩的作家對熱帶臺灣所呈現的沉鬱的綠與濕度很濃的灰黑色有更確切的把握」。《時報雜誌》，144 期，1982 年 9 月 5 日至 11 日，頁 53。

6　《七等生全集1：初見曙光》，臺北：遠景，2003 年 10 月，頁 270-271。另收入馬森，《燦爛的星空——現當代小說的主潮》，臺北：聯合文學，1997 年 11 月，頁 166-189。

鄉〉中本「專為別它（故鄉）而來」的敘述者「我」，回到「相隔二千餘里，別了二十餘年的故鄉去」，本來只是要將朽舊的住宅打點賣與他人，無所謂（或無意識的遺忘）悲喜的，卻遇到了他童年記憶中最甘美的「月光下回憶」的閏土，如今變成了喚他「老爺」、庸懦卑瑣、只求溫飽的貧農，讓敘述者瞬時覺得「我就知道，我們之間已經隔了一層可悲的厚障壁了」。回鄉的文學，正如魯迅《中國新文學大系・小說二集》中所謂的「僑寓文學」：

　　僑寓的只是作者自己，卻不是這作者所寫的文章，因此也只見隱現著鄉愁，很難有異域情調來開拓讀者的心胸，或者炫耀他的眼界。許欽文自名他的第一本短篇小說集為《故鄉》，也就是在不知不覺中自招為鄉土文學的作者，不過在還未開手來寫鄉土文學之前，他卻已被故鄉所放逐，生活驅逐他到異地去了，他只好回憶「父親的花園」，而且是已不存在的花園，因為回憶故鄉的已不存在的事物，是比明明存在，而只有自己不能接近的事物較為舒適，也更能自慰的──（魯迅，《中國新文學大系・小說二集》序言）

　　「僑寓文學」不能提供獵奇觀光，「很難有異域情調來開

拓讀者的心胸，或者炫耀他的眼界」反而是說明了回鄉者的處境，被生活驅逐到異地的「放逐」與故鄉何在的「鄉愁」。

在〈來到小鎮的亞茲別〉中，亞茲別，處於無業身分（一個漂游的意符），遭母遺棄、童年孤寂，曾因涉嫌竊盜財物而遭到學校退學處分，服役時又因開快車出過車禍，在故事中他孤癖暴躁，在城市尋尋覓覓終無所止，唯一摯愛一位失去了丈夫、有著一位小孩的服裝設計師——葉子，他為她偷竊甚至逃亡，最後無路可走，終於決定回到小鎮。在這故事中藉由兩位女性（母親）的形象，不斷引出與母親結合的戀母想像，第一次是他進入一女子的臥房進行偷竊時：

　　亞茲別走近女主人臥室的妝臺，那裡放著睡眠的女主人從身上解下的手鐲和項鍊。亞茲別回到窗前，回首去注視那位像是甜睡的孤單的女人，亞茲別端詳那張花容半謝的臉孔，不覺搖頭囁嚅自語。這時刻為何她的男人不睡在她的身旁呢？光陰從她的臉上滑過。
　　亞茲別撫摸她的眼光擾醒了她……

這位終歸是被偷了東西的女主人「像是甜睡的孤單的女人」的睡姿掣動亞茲別如「深情奉獻」般的凝視力量，在此女

主人不只作為一被凝固的母親形象被感應，也像個毫無力量的嬰兒，要由他來權充母親。

其次，是故事中鑲嵌在這晦暗的情節中唯一光亮的葉子最美的一幕，那是當亞茲別第一次送她一條十字架的金項鍊（也許就是偷來的）：

葉子走到鏡前端視著自己胸前十字架，她由鏡中看到背後的亞茲別坐在床上凝視她。
「妳是我的陽光……希望……」
葉子從鏡中對亞茲別微笑。
「妳是我一生中唯一的佳人。」

這位從「鏡像」中和亞茲別對望的女子，是現實中作為亞茲別心愛的陽光的葉子，也是亞茲別理想自我的幻影。〈來到小鎮的亞茲別〉中的亞茲別為了追尋葉子並與之結合而偷竊犯罪受苦，在一次偷竊失敗後回到臥房的片斷，有這樣一段：

「你在痛苦中，那傷口是為什麼？」
「玻璃無情地插入肉裡……命定的……」
「告訴我什麼事。亞茲別，我愛你……」
……

七等生小全集第一冊《來到小鎮的亞茲別》。

「我日夜為兩種矛盾的思想纏繞，那是我的犯罪⋯⋯對妳的愛。」

「你為何犯罪？你犯什麼罪？」

「不必由我親口告訴妳！」

「為什麼？」

「我不能忍心這樣對待妳！妳會永遠恨我⋯⋯」

（《七等生全集1：初見曙光》）

這纏繞亞茲別的矛盾思想說明了母性意象在主體推拒與認同的過程裡最終的「臨界恐懼」。老唐不斷召喚他「回到小鎮」，小鎮如那作為母性空間的「臨界的深淵」。而亞茲別最終以回到小鎮前作為邊界的橋上先一步而亡，彷彿必須通過死亡才能與母親結合——「河水從亞茲別高挺的鼻梁兩旁滑過，把臉孔洗得潔白如玉，在這一刻，在以後永遠，他竟是一個如此面目清秀且善良無為的男人⋯⋯這樣，亞茲別終於能夠來到小鎮，在流到河的終點，流進浩翰的海洋中。」（《七等生全集1：初見曙光》——小鎮的意象最終與河水結合為一。

前面提到女主人被凝固的母親形象，及要由亞茲別來權充母親的母親狂想。這一母親狂想可以從文中亞茲別和心愛的葉子——理想母親的化身，以及與葉子的兒子——亞茲別慾望替

代化身的小男孩——彼此的共處看出來。葉子與亞茲別可謂同處「被虐待狂想」中，而與文中的亞茲別彼此置換著「嬰兒」與「母親」的狂想與戀物轉移。當一回亞茲別轉為冷漠無情時，她坐在床邊沉默片刻後，就緩緩上床鑽進棉被默默地躺著，把視線背著令她有點生氣的亞茲別，「凝望衣櫃抽屜裡的一顆瑪瑙的鈕扣」。其次，當葉子把亞茲別留住下來而問小男孩時，男孩馬上口齒伶俐地回答「媽媽，我正要對妳這麼要求呢？」時，亞茲別臉上迅速掠過卻是「一陣感動和痛苦的憂鬱表情」。

〈來到小鎮的亞茲別〉一作，是所有七等生小說中，除了同樣以七等生大哥玉明為背景的《沙河悲歌》和〈其中一個樂師死了〉之外，唯一以主角的死亡為終結的作品。它的發生與意義都與七等生如何在他認為難以捉摸掌握的現實中以寫作自我安頓自我救贖的終極因相關著。然而亞茲別是李龍第在「現在」中「企求新的生活意義」的一個主體的化身、慾望的替代，終究這只是一種短暫的滿足，最終他還是得在「龐大和雜亂的城市」去「尋回晴子」。

因而，〈來到小鎮的亞茲別〉最後，亞茲別也沒有辦法以「活著」的方式回歸小鎮，這除了說明原鄉（母性空間）的永恆失落外，也說明了「亞茲別」作為自我「廢墟」象徵的意義，即七等生專注一生的書寫——「自我之寓言」，乃是以廢墟（如

亞茲別在對葉子命定的追尋與受苦）、屍體、死亡的形象升起生命通向拯救的王國的遠景。（楊小濱，《否定的美學——法蘭克福學派的文藝理論與文化批評》論班雅明《德國悲劇的起源》章）

如此，我們或許可以進一步解釋亞茲別的死亡為何發生在亞茲別忍痛告別葉子，展開逃亡，即將抵達小鎮之際：

他看到一座古橋跨過一條河川，橋面的積水閃閃發光。他走近橋，為那池積水阻擋停止。亞茲別凝視積水裡的一片奇異而灰冷的天空。他對那倒立的自我冷默地眨動眼皮，像忘掉了一切，顯示未曾發生過任何事情的淡漠表情……那倒立的影像頭髮長得快蓋住耳朵了。亞茲別像要熟記著那陌生的影像。他前傾一些，就看見倒立的影像搖晃起來，像一支風中的竹竿在不倒下的限度搖擺。一會兒，亞茲別不想擾動那池靜水，竟站在橋欄上走起來，小心那隻受傷的腿。他在險境中還能自娛水中倒立的影像，在搖晃幾步後突然墜落橋下，倒進不是池水領域的空隙，就此永遠消失。（《七等生全集1：初見曙光》）

為何在抵達小鎮之際亞茲別會為一池積水「阻擋停止」？甚至亞茲別他在失足墜落橋下，殞命以終前夕，猶能以停留

「橋」上，甚而站在橋欄上走起來——「自娛水中倒立的影像」
——而殞命，正點出了七等生的現代主義與其他作家的殊異之
處，它暗示著每位個人皆有自我追尋之可能或必要。

　　他即使在最暗淡的命運下都不忘此——自我觀照與自我追
尋，雖然這個創傷主體的自我戲耍，可能落入如前節所言傷痛
與快感的循環漩渦，然而，透過鏡影自戀的凝視物戀化自我的
「懸宕」行為，將自己的身體變成「慾望的客體」，如此慾望
著母親的被虐狂，於是即使他終將面對現實，但他得以以此「質
疑既存現實的妥當性，以便創造另一個純理想的現實」（引自
胡錦媛，〈母親，妳在何方？被虐狂、女性主體與閱讀〉，楊
澤編，《閱讀張愛玲國際研討會論文集》），即「一方面，這
個主體意識到現實，但卻又力圖推延這個意識，另一方面，他
又堅持著自己的理想」（引自周蕾，〈愛（人的）女人——被
虐狂、狂想與母親的理想化〉，《婦女與中國現代性》）。然
而隨後一部警車「急駛過橋面，濺起那池積水，水花濺濕橋欄，
水花落入河中」，此一隱喻著「確認自我之可能」的媒介（一
灘積水、一個映像）最後仍被輾碎並摧毀之。

　　這讓我們想起了著名的孟克〈吶喊〉一圖，圖中那個向著
觀者奔近的那個恐懼的「吶喊者」，他一樣出現在一道奇怪而
模糊的橋上，如詹明信在分析〈吶喊〉一圖時所說，這個人幾

乎沒有耳朵、沒有鼻子、也沒有性別、可以說是沒有完全進化為人的胎兒，「這就是人的意識和思維，但卻剝去了一切和社會有關的東西，退化為最恐怖、最不可名狀的孤獨的自我」（詹明信著，唐小兵譯，《後現代主義與文化理論》）。

「背景上的兩個人，看不太清楚，但隱約可見的是兩個穿呢大衣、戴禮帽的男人，很明顯是那種躊躇滿志的實業家、商人，他們代表的顯然不是孤獨，而是社會性的東西。也就是說，在畫面的背景上有著和畫面前景上的人形相對立的社會。」（詹明信著，唐小兵譯，《後現代主義與文化理論》）

於是，這烘托了與社會對立的孤獨個人的那座「橋」，有了下面的意義：

現代主義文學中橋是很有典型性的，因為橋本身不是一個地方往往不屬於任何方向，只是聯結了兩個不同的地方，雖然畫面上出現的教堂可以標誌出空間，但畫面上的一切卻似乎不是在任何地方，是懸空的，是事物之間發生的事。這座橋的象徵意味是很濃的，但又不能和什麼「運動感」「聯結感」及「方向」等具體的意義聯繫起來，這是一座很模糊的橋，唯一的意義似乎在表示出一種懸空感。也就是說，這幅畫表示藝術家不希望完全出世，去做一個教徒，但同時又希望和這世界上的任何事物都保持

距離。這座橋就是這一段距離。（詹明信著，唐小兵譯，《後現代主義與文化理論》）

　　不論是〈來到小鎮的亞茲別〉或〈我愛黑眼珠〉中的亞茲別，他的確讓我們想起那位孟克圖中的「吶喊者」，他蒼白而憂鬱，失業無著違離社會，彷彿被剝去了一切和社會有關的東西，退化為最恐怖、最不可名狀的孤獨的自我，他懸空地處在一個洪水的屋頂上或一座橋上。

　　他甚至也是破碎崩解的，以其作為李龍第的一個他我而言，像孟克的「吶喊者」一樣，沒有耳朵、沒有鼻子、也沒有性別，「這就是人的意識和思維」。當我們和他照面，他正是我們自我國境中的陌生人，在追求自我同一化時所必須要暴力排除之的我們自身的「他人性」。被感性還原到極處，回到事物本身，發現事物本身不屬於我，原來我是個他者的「附魔」（參黃錦樹，〈他者之聲——論黃啟泰的《防風林的外邊》〉，《謊言或真理的技藝——當代中文小說論集》），自我變成了「他者」。

　　這種純粹內在的追尋與精神特質讓黃錦樹將七等生稱為是臺灣小說書寫「內向世代」的開端（參黃錦樹，〈他者之聲——論黃啟泰的《防風林的外邊》〉，《謊言或真理的技藝

——當代中文小說論集》）。這是開端於城市的「震驚」經驗，使自我在這一現代性體驗中喪失了恆定的安穩，而恍如「精神病患」般存活的城市人，在自我追尋中不斷延異後退的廢墟經驗。但對七等生而言，求仁得仁，也是他自我救贖的自我人權了。

第三章

七等生文學
及其小說中的友誼

大陸的淪陷是這樣的作家造成的？

　　1977 年，當「鄉土文學論戰」硝煙正起，臺灣文壇核心正為戰火的風潮所襲掩的時刻，七等生卻因為遠景出版社老闆沈登恩的賞識，在這一年同時出版「七等生小全集」十冊，及由張恆豪編輯出版的首本作家作品評論集《火獄的自焚》，這種作品全集與作品評論集同時被出版的「破天荒」待遇，較諸當時文壇的任何作家均是「前所未有」，證明了七等生在當時的

1985 年，七等生、沈登恩、簡志忠合影於遠景編輯部。

「聲譽鵲起」、「如日中天」。然而如前面所言,據多年後張恆豪編選的《認識七等生》書中所述,1966 年 3 月到 1992 年 12 月 31 日止的九十七篇訪談和評論中,光 1977 到 1978 年兩年中關於七等生就高達有十九篇評論、兩篇訪談,而 1976 年也有十五篇評論之多,說明七等生受重視的現象確實不虛。

　　但相對的,七等生作品的價值並未因此穩定下來。作品受重視的現象,也反面說明了他作品的爭議性。當不少評論費心詮解〈我愛黑眼珠〉中晦澀的道德理念與道德處境以為其說項時,也有人直搗黃龍地問「如果他有這份虛心與真誠去拓展他的視野,那麼他下一部作品,就不必去重複自己的意念和語言。這將是讀者之福,中國現代文學之福」,甚而有將之比附為替「共匪竄國先行鋪路」的「左翼文人」,意謂「大陸的淪陷正是像他這樣的作家造成的」的說法。

　　此說主要源於一篇由溫良恭(本名溫繼榮,按:或即瑞契爾·卡遜著《寂靜的春天》中文譯者?)發表於 1978 年 9 月 24 與 25 日中央副刊的〈商青〉,「商青」一詞的「商」用指杜牧〈泊秦淮〉詩中的「商女不知亡國恨,隔江猶唱後庭花」。溫良恭提到大陸淪陷前夕,他的國文老師將他們找去宿舍上最後一課,最後勉勵他們「商青者,不知亡國恨之青年也。」

　　文中溫良恭針對周寧(本名:周浩正)在〈論七等生的「我

愛黑眼珠」〉一文中對七等生〈我愛黑眼珠〉的迴護深表不以為然，認為這已不是個人的私事，而應向社會大眾，尤其青年朋友作一些交代。他認為共產黨在大陸的崛起，主要是五四運動以後左翼文人刻意描寫政府的貪汙無能和社會的黑暗面，唾棄倫理道德，動搖國本，結果是替「共匪竊國先行鋪路」。而周寧卻將七等生這種「視鄰居的狗比自己的生命還重要」的作家視為某種精神上的救星，實在是對自稱為儒家文化堡壘的臺灣最可悲的評論。

溫良恭雖然聲稱該文「絕對沒有影射七等生是『文丑』是『商青』」，卻又強調「事實上一個人的所作所為，其用心何在，亦只有他自己才最清楚」。此文強烈的憂國情懷後來還引來一些年輕學子的後續迴響，對〈商青〉一文肯定有加（1978年10月27日溫良恭，〈〈商青〉餘音〉），從今天的角度來理解，七等生在這篇文章中被以左翼作家比附，確實十分特別，因為就左翼觀點而言，七等生恐怕更容易被歸入小資產階級。但此文之出現，使七等生被一棒打到左派去，形成另一種極端的負面批評。

更嚴重的是，1979年1月，一本名為《南海血書》的專刊由《中央日報》出版，並廣發在中小學生中人手一冊，公務機關也大量發放，甚至據傳銷售達二十萬冊。其內容收有四篇充

《南海血書》共收錄四篇文章，由當時的中
央日報社出版。

滿苦難記憶的文章，號召臺灣人要珍惜臺灣安定現狀，這四篇分別是由一位聲稱是越南人的阮天仇描述其因戰爭而漂流海上的苦難經驗、另外有由美返臺的留學生薛翔川〈故鄉行〉、獲國軍文藝獎第一名的涂靜怡所寫〈從苦難中成長〉，及最後一篇——即前文提到由溫良恭所寫的〈商青〉。

1978 年 12 月底，美國剛與臺灣斷交，1979 年 12 月 10 日，美麗島事件爆發。這個階段國民黨統治陷入空前的緊張危機中，這篇故事，後來被證實，是政府的反共宣傳之一，為當時國民黨情報主管王昇上將配合國民黨政府的威權統治所策劃的虛構故事，目的在於鼓動臺灣人民反共、反美及打壓異議人士等等情緒。2003 年，在專刊中號稱《南海血書》譯者的朱桂，坦承這是一篇虛構的故事，乃由他本人創作。

〈南海血書〉文中阮天仇提到家人是怎樣死於越共：大哥死在越戰的炮火中；姪兒在一場暴動中被流彈射死；九十三歲的老祖母與七歲的姪女被越共「照顧」到餓死；而絕口不提政治的父親，也在鬥爭大會上被一棒一棒地打到死；三哥因為飢餓，忍不住吃了一個甘薯，結果被槍斃；大嫂死在監獄中；母親在逃亡的時候被匪幹推下海淹死；妻子逃亡在海上，結果被海盜射殺。最後剩下阮天仇與兒子文星，與其他難民隨著船在怒濤上漂流，最後漂到一個珊瑚礁上，兒子文星在第十三天痛

苦地死去，其屍體也陸續被難民吃完，吃了文星的其他難民終究陸續死亡，最後阮天仇說他正是在珊瑚礁上等死時所寫，意味著這其實是一份血淚遺書。

由於《南海血書》的內容強烈暗示越戰命運可能降臨臺灣，挑動臺灣人的敏感神經。《南海血書》不但成為當時重要的文宣刊物，甚至被拍成電影，其中一句話：「今日不為自由鬥士，明天將為海上難民！」更被傳誦一時。其中因內容有諸多矛盾、失實之處，引發臺灣省議員何春木在總質詢時指責《南海血書》誇大渲染、荒誕離譜；林濁水也撰寫〈拙劣的越南預言──剖析「南海血書」的真相〉，除諷刺阮天仇為「神人」，竟能挨餓四十餘日後，仍有餘力用鮮血撰寫三千多字外，也質疑這「神人」根本不可能用螺尖沾血於襯衫上寫字，完全不合邏輯。然而，由於此文的廣泛流通，附在其中的〈商青〉一文，也讓七等生成為「大陸的淪陷正是像他這樣的作家造成」的印象。

這樣的緊繃情境，其實文壇內部早在針對七等生〈我愛黑眼珠〉展開的許多評論中已可看得出來，當沉重的時代、強大的現實肉迫而來，有人要宣稱個人獨立存在的意義與自由時，確是百般艱難的，何況整個現代文學在時代狂潮中，憂國感時的傳統早已隱成脈絡。所以，1977 這一年，還在強大噓聲中，繼之即掌聲交織的時刻對七等生與其評論者的意義是多重的，

七等生《散步去黑橋》。

不僅因為「鄉土文學論戰」讓我們看到當時臺灣政治經濟、社會文化在矛盾總體現下的新的時代需求，也因為七等生受重視的「現象」與「程度」，說明了所謂「純文學」或文學的「自主性」與文學中的「道德意識」與「社會使命」這兩組命題之間的矛盾張力在當時的緊繃狀態。

二 我年輕的時候非常的寂寞和孤獨

1978 年，鄉土文學論戰後隔一年，大約在七等生寫〈散步去黑橋〉系列作品同時，七等生應《中國時報》副刊「我的第一步」專欄之邀寫了一篇〈我年輕的時候〉的散文交代他年輕時代開始創作的前因與情境，並對自己的寫作歷程、創作理念作一番回顧。和呂正惠對七等生小說〈散步去黑橋〉的評論意見相同的，我以為〈我年輕的時候〉一作和〈散步去黑橋〉一樣，都是七等生走過十多年漫長艱辛的寫作歷程之後，終於初獲肯定而作的一闋「騷亂靈魂的安魂曲」。但還有一點很不同的，我以為本文深刻的自我刻畫、自我表白與自我觀照，還有相當程度要與另一種文學觀「抗衡」的權力意涵，即這其實是一篇文學場域中重要的「對抗性論述」。

全文初始就以「當我年輕的時候，非常的寂寞和孤獨。」

這一非常貼近讀者的抒情方式帶起開場的悠揚回顧氣氛，藉由作者的深自投入，試圖「召喚」的是能「感同身受」的讀者相對的投入與認同。因此，文中七等生為他的年輕時期刻畫一場「婉轉曲折故而意蘊深厚」的青春啟蒙儀式，為自己文學創作的社會位置定調。文一開始就是這場啟蒙儀式的「序幕」，時間在「七等生」的二十三歲，地點是他任教小學老師的九份礦區。「那是十七年前，我年紀二十三歲時。已經在礦區九份當了兩年多的小學教師，沒有異性朋友，沒有什麼值得安慰我心靈的事物。夏季我徘徊於山下瑞濱的海灘，赤裸地曝曬在波浪排向岸沿的岩石之間的小沙灣，或潛入清澈透藍的深水裡，探尋水草與游魚同伴。那時我的心在海洋上的空際鳴響著，想呼求什麼與我在這宇宙自然結合，但我很愚蠢，找不到方法將我獻出和迎取。」

寂寞失侶的苦悶使這顆孤獨的靈魂殷殷哀告，於是他只好獨自徘徊於海灘或赤裸地曝曬於小沙灣，和水草游魚為伴，但「侶游魚而友水草」一段時間後，他變得「自我異化」與「自我疏離」了，「我深自苦惱，在浪費時光；我懷疑我是誰，是什麼事物，為何獨自漫步於這曲折、岩石與沙灘和漁村的地方」；這一心理空間上的自我異化與疏離，加深他對地理空間的更大疏離。於是他眼前作為「世界」化身的「九份」，變

得更為陌生，同時進一步反向發現自我與世界的巨大差距——「世界的表面平靜和美麗，但我的內心很不安寧」。

接下來，文中敘述了二十三歲的對一件充滿寓意事件的「反應延遲」（deferred reaction）。那是有一天他路經一個礦工們的休息處，幾個蒼白的男人正卸下工作，頭部戴著裝有小燈泡的工作帽，身上穿著半溼的灰綠色粗布衣褲，利用木板墊在地面上坐著休息。「有一位矮胖年紀較大的人特殊地躺在一張長板凳上，眼望著樹葉的華蓋，那頂上陽光從隙間透出一個一個閃亮的白光，他眼望手擺做出觀窺的姿態，然後發表一些他的觀察心得。」（頁 245-246）七等生寫這一件偶發的經歷並未造成他任何行動上的轉折，而他的問題也並未因此得到絲毫改善。「我回到租居的斗室後依然還是像一個蠢物般生活著」，甚至，他漸漸感覺他的身體像被一種無形的網布纏繞著，越來越緊也越厚，「沒有任何驚奇的事發生。我在潮溼的斗室裡像一條蠕蟲。」

但事實真是如此嗎？真的沒有驚奇的事發生？他首先描寫了當時他以「坐在附近的石頭上」「觀窺」來思索此一現象的意義：「我坐在附近的石頭上，疑問著那單純平常的景象於他有何深動的感觸，為何以這種平易的語言向周圍的人講述喻象？他是誰？為何他能津津道出？」（頁 246）之後他又說自

己以「隱避」的探詢，得知那人是前輩有名的畫家洪瑞麟，一個經常與礦工為伍的人。但有一樣重要的關鍵，卻被「壓抑」、「遺漏」未寫出，即那時他對這件事的「觀感」。

真正關鍵性的轉折還是發生了，在經夏歷冬後的隔年春天，七等生以連續三個「概念性意象」說明了他如何「發現自己的聲音」並開始創作的「奇蹟」：

突然我意外地發覺我能思想，那是三月，我能知道我長期的禁錮與憂鬱，我像有另一對眼睛看到我過去的形體，它在時間的流動裡行走，我清楚地窺見到那行走的陰沉姿態；然後我又驚奇地發覺我能夠說出與別人不同意思的語言，也許我一直就如此，在這之前，我沒有知覺我能語言，但現在我十分驚喜地聽到我自己的聲音。我像在夢景中看見了這樣荒謬的事，我像一個做夢者，除了意識一個睡眠的自我形體外，還有一個在那夢景中活動的相同人物存在，我看見他行動，他說話。當我醒來時，我不知道我是那夢中的人或是原來的我，但我的清新意識有如一個包裹在絲繭裡睡眠的蛹，它成為一隻蛾突破了那層包繞的殼，然後拍翅顛簸地走出來下蛋。

這三個概念性意象中，第一個意象是描寫作者自我發現的

概念，「我」有一對眼睛看到「我」過去的形體。第二個意象
則包含於第一個意象之中，「我」的另一對眼睛所看到的「我」
在夢中。而第三個意象是，我像絲繭中的蛹，突破絲殼，蛻變
成蛾，飛了出來，並且「下蛋」。以這三個概念性意象詮釋他
自己當初如何發現自己：包括找到自己與眾不同的性情（陰沉
的姿態）、獨特的語言，清晰地看懂自己，並且突破自己（破
繭而出），並開始創作（下蛋）。於是，開始創作時的「我」
與過去的「我」，及現在的「我」都不同，他是另一個獨特的
「我」。

通過這個新發現的「自我」，前面關於「九份礦區」這一
具有「創傷」寓意的原始場景（primal scene）象徵逐漸彰顯出
來而轉化為具有啟蒙價值的自我成長儀式：礦區的寂寥、山下
瑞濱海灘的徘徊、岸岩小沙灣間的赤裸曝曬、深水裡的潛游，
這些經驗在作為啟蒙儀式中主要引導者——智慧老人——的
「洪瑞麟」事件的催化下，由量變而質變，洪瑞麟對樹葉華蓋
的「凝視」，成為一個重要的刺點，而這些原本使他尤其所以
令當時的「七等生」「反應延遲」的意味也值得加以深究。因
為就如當時「七等生」坐在洪瑞麟和礦工們附近的石頭上所思
考的問題一樣，「那單純平常的景象於他有何深動的感觸，為
何以這種平易的語言向周圍的人講述喻象？他是誰？為何他能

津津道出？」這一連串的問號不但凸顯了「七等生」斯時關懷的主要面向——即平凡的生活有何意義？為何要平凡的生活？如何以特殊的方式為平凡的生活建立意義？而且也一一與七等生後來在創作中所關懷的自我認同、語言（文學）的社會功能與語言（文學）論述方式等面向發生扣連而產生新意。並分別發展出七等生特有的文學觀、對應世局的態度與文學表現手法。

三 由孤獨出發的自我書寫與書寫形式

回到原始場景——九份礦區，「山上是令男人疲倦和蒼白的礦區」（頁 245），因為那裡是充滿機會、危險與死亡幽暗的陰陽交界地帶。沒有色彩，只有黑白兩色的生死無常。對充滿生之期待的年輕教師七等生而言，他幸而不是礦工，無需投入這種每天與死亡為鄰的生活。但他非常孤獨寂寞，因為他「沒有異性朋友，沒有什麼值得安慰我心靈的事物」，然而當他探尋水草，與游魚同伴，他仍然孤獨寂寞，因為「我很愚蠢，找不到方法將我獻出和迎取。」

這一「被動等待」的孤獨的邊緣化情境使七等生的自我認同發生障礙，正如羅蘭・巴特所說的：「因等待而受苦的男性

是極不可思議的女性化的」，這一女性化（feminization）的男性主體只是社會的邊緣人，時時為疏離感所困擾。而且，這一疏離感使他雖然身在九份，卻等於「不在」，等於「流亡」，而不在又不等於「消失」，因而他在九份的和諧安全只成為一個虛幻的錯覺，因此「世界的表面平靜和美麗，但我的內心很不安寧」。

這種孤獨寂寞的疏離感如果扣上他童年中許多不幸經驗的片斷，正能凸顯這個階段作為其生命「內在危機時刻」的關鍵性，即一種貼近死亡、充滿猶疑的不安，和九份礦工沉重的勞動正好共質同調，而那份沉重的陰暗共同形成了原始場景的「本質先在性」。他必須找尋一個出口，但他不知道出口何在。

然而那群蒼白的礦工中奇特的「說者」洪瑞麟啟發了他沉重生活中的一絲生機，這一生機來自一種與眾不同的觀物方式——對事象的「凝視」。當礦工畫家洪瑞麟眼望手對著從樹葉華蓋的隙間透出的一個一個閃亮的白光擺做出觀窺的姿態，然後發表一些他的觀察心得，先前礦工們那蒼白疲累的勞動者形象所意指的生活的不安與沉重不見了，剩下的只有一個一個閃亮的白光所喻示的輕盈意象，「凝視」因而扭轉了想像中的權力關係。正如拉康根據佛洛伊德在〈本能及其變化〉中發展出來的人際權力關係的解釋法「凝視」時提出的——慾望的對象

藉雙眼加以控制，使之來去自如，進而彌補實際生活的欠缺。重點並非來自被凝視對象的任何實質，而來自「凝視」本身對慾望主體的形上意義。

同樣的，經由「凝視」，七等生這一主體的慾望匱缺在層層轉折（置換）中得到巧妙的轉化，並得以滿足。「突然我意外地發覺我能思想，那是三月，我能知道我長期的禁錮與憂鬱，我像有另一對眼睛看到我過去的形體，它在時間的流動裡行走，我清楚地窺見到那行走的陰沉姿態」。這一天啟般神祕經驗的誕生並非偶然，只能歸給經過「洪瑞麟事件」的啟蒙及一個秋天、冬天到春天的孕育，他的「自我凝視」終於真正扭轉了他女性化的主體地位，他化為全知全能的神，清楚地窺見到他自己過去行走的陰沉姿態，進而發現了「自己的聲音」。而「書寫」正是這種「自我凝視」的產物。

同時，由於「書寫」作為一種「自我凝視」的產物，必然再生產出其慾望——女性化的自我。藉書寫以「自我凝視」又成為新的慾望形式。因而，洪瑞麟的凝視對七等生的啟發，便具有了雙重涵義：其一是「凝視」作為自我治療的倫理性意義，產生了書寫。其二是「書寫」作為「自我治療」慾望形式的病癥式意義，作用相當於「凝視」。因此，「書寫」不僅來自「凝視」，也成為「凝視」的替換物本身。而「書寫自我」便成為

最佳的再生產方式。

在這種以「凝視」為本質的書寫下，七等生開始文本化自我，塑造出一個揉雜了自卑與自傲、恐懼與顫慄、窺伺與羞辱的小人物掙扎向上的歷程，使其「自我書寫」、「書寫自我」具有在自己的鏡像反射中縫接（suture）發生障礙的自我的作用。

前面提過，〈我年輕的時候〉寫於 1978 年，即鄉土文學論戰戰火燃起後的隔年，在那兩年之中七等生的作品在文壇引起一番密集而熱烈的討論，有其文學場域中兩股文學作用力相抗衡的背景在，而有趣的是，前面所提他在〈我年輕的時候〉中所提對「洪瑞麟事件」的「觀感」，是被「壓抑」、「遺漏」未寫出的。在〈我年輕的時候〉中那個二十三歲的七等生因為「洪瑞麟事件」而思考「單純平常的景象於他（洪瑞麟）有何深動的感觸，為何以這種平易的語言向周圍的人講述喻象？他是誰？為何他能津津道出？」這一連串的問號究竟是作為二十三歲的真實的七等生所親身經歷的真實記憶印記？還是 1978 年近四十歲的七等生在文學創作終獲重視之後「詮釋的再現」？其實是頗耐人尋味的。

然而作為一種前所言的「對抗性論述」，顯然，他是先以「平凡的書寫者」來自我定位的，當然這樣的定位是建立在他

在 1978 年這一階段因前所謂的「如日中天」、「聲譽鵲起」而在文學場域擁有的某種「文學資本」的基礎上。他由「平凡的書寫者」（或曰個人主義者，以七等生的話是「隱遁者」）的自我定位出發，而聯想到當年的「洪瑞麟事件」所可能具有的啟蒙意義，藉以為自己一貫「書寫自我」方式與風格的存在理據，他說他的寫作是因苦悶而發，他的自我發生問題，他是為「不得不寫」而寫，這就是他成為「作家」的「第一步」。

然而有趣的邏輯正是，因為「書寫自我」成為或一直是七等生的表現方式，在「文本化自我」的過程中，如前所述，「凝視」原先作為自我治療的倫理性意義，產生了書寫，然而「書寫」也成為「凝視」的替換物本身，成為自我慾望的形式。因此，「我」必須不斷還原到受傷的原始場景——即一女性化的主體位置，以保障其「自我書寫／書寫自我」再生產的可能。由「凝視」到「書寫」的相互置換形成了這樣的無意識結構：被凝視對象的任何實質不再重要，重要的是「凝視／書寫」本身對慾望主體的形上意義。因此，七等生小說中許多特殊的表現方式，或許都可以在此一理據下一一被理解。

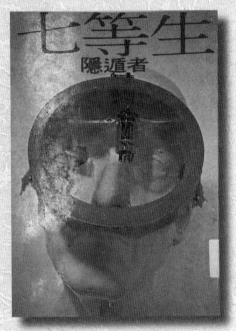

七等生《隱遁者》。

抽象與重複

　　過去讀者對七等生最不能理解的來自其小說作品「形式怪誕」、「文體奇特」而且「晦澀難懂」。因為一般小說講究人物在時空中的行動與「擬真」的效果；其次，就七等生經營最多的短篇小說類型而言，「場景」一般較為集中；而每一篇小說一般也被視為一個獨立的宇宙，無論以什麼方式開始－中間－結尾，情節的發展總有因果關係的合理鋪陳。在這方面七等生作品呈現出十分怪誕的特色：一連串全稱式的地名：城市、樹林、小鎮、眷屬區、沙河……，及怪異的人物命名：李龍第、羅武格、賴哲森、魯道夫、亞茲別、土給色，甚至 A、B……等，他們在小說中的行動往往缺乏清晰的動機，但卻活動頻繁以致經常更換場景，而場景描寫多半模糊抽象一如其名，人物「對白部分」也經常高度抽象化一如「描述部分」的進行，人物不斷活動卻難以明朗索其因果，尤其作品中常突現一段自傳性十足的斷片，卻看不出在全篇中的有機性。這些特質使他作品中無論人物或場景都顯得夢幻不實，有如幻象。

　　然而，從「凝視」的觀物角度而言，小說中「時空隱晦」、「人物抽象」的名物化方式，正在呈顯出情意的主體而非客體本身。因而作為「慾望的替代物」，他的人物只是抒寫情意的

載體，場景只是情意主體的慾望投射，傳統小說「擬真」的動機並未完全被取消，但失去真實感的肌理，場景的物質直接性被空洞化、空白化，放逐為想像的「它者」。

而，七等生作品中的人物雖然在視覺上和空間場景的描寫一樣抽象模糊有如夢幻，卻並未失去閱讀上的鮮明度。場景，作為一種情節人物進行的背景，其描述就如繪畫，大抹的抽象團塊比工筆素描誘使人忽視其物的質地。而人物描述，尤其對白，往往是小說戲劇張力的來源，反而容易因其抽象的歧異陌生感吸引閱讀主體。尤其在有如大抹團塊、失去物質感的空間場景襯托下，人物的抒情寫意乃鋪陳出一特殊的感性空間，延展其抒情之流動。人物因此呈現出鮮明的立體感。

以下是七等生作品〈禪的學徒〉的開頭，可視為七等生風格的一「典型片段」：

昨天是過去了。早晨他在天剛亮時就起床，他打開睡床旁邊的衣櫃，把一件冬季用的夾克取出來穿在身上。他走到廚房的水龍頭旁，潑水在臉上擦摸了幾下，再抬頭用毛巾拭乾面部上的水珠。他沒有再回到客室或臥室去，他打開廚房連接後院的那一道小門，走出去，再把門輕輕地掩上。

他偶然間來到了一處異境，眼前一座石砌的巨大城樓擋住

他，他似乎沒有其他的選擇，舉目所望沒有一處方便的所在可以進城去。他把身體貼靠在石壁，用手掌和腳趾的力量往上攀爬那面聳直的牆壁。這是一個自己所最感顫怖和極力迴避但卻必須經歷的經驗了。此時，他的謹慎含帶著對人生生涯的輕視，他的心胸既嘲諷又悲哀。人在宿命的安排中總是低著頭承當。無力去反抗。一切都無能避免。他攀爬到城的上端，他恐懼的意識已經到了高峰，他掠過安全抵達後再平靜喘息的意願，因此他毫不容遲地雙臂緊緊環抱住頂上的一尊石柱。他就在那緊抱的一刻體嘗艱辛的快樂代價，他明瞭他的狼狽的外表，且對自己軟弱的體力產生敬重。就在這種像是安全的時刻當中，他那懸吊在城牆的身體的重量，不可思議地使那一座石柱從底部斷裂，和他的身軀成為一體滾落著落下城下的土地。（《隱遁者》，頁 185）

在這兩段自成一情節單元的文字中，主角經過許多的行動：起床穿衣出門、被巨大城樓擋住、因無通路只好攀爬、到頂端後緊抱住一尊石柱、石柱斷裂滾落城下。但這些行動卻缺乏背後的動機，行動都是突爆式的，以致很難看出意指性。但即使人物動機模糊，其抒感說理仍使人物形象得以彰顯。

另外，他的作品中一再重複出現一些自傳性濃厚的意象與形象，比如在〈放生鼠〉、〈隱遁者〉、〈跳出學園的圍牆〉（原

名〈削瘦的靈魂〉）中的跳上餐桌事件，〈大榕樹〉、〈慚愧〉中的不吃沙魚事件，〈父親的死〉、〈初見曙光〉、〈隱遁者〉、〈跳出學園的圍牆〉、〈沙河悲歌〉中敘述者與父親或主角與父親的關係等，這些意象與形象的重複，就其「凝視」的書寫本質而言，等於不斷帶我們重回形成「七等生」「原始傷痕」的更為原始的歷史現場，包括集體性社會對個人自由意志的壓制、愛慾的不滿與匱缺等，這些充滿高度自傳性的重複片斷，一方面則保障了他的自我追尋，一方面代表他在象徵秩序的語言世界中的探索，雖然這一自我追尋是想像性的、充滿不穩定，但就像佛洛伊德對其幼孫在母親不在時透過對木線軸的一收一放及「來」、「去」發聲的想像性控制，它彌補了幼孫的慾望匱缺，使母親因而得到象徵性的再現。

這裡有必要說明一下的是，這其中與父親關係的不斷重現，刻畫的是其男性化形象的需求：早年因父親失業胃疾，自己被要求偷偷向任職醫院的藥劑師要胃藥而被發現，因而對父親產生卑視與屈辱感的父子關係，後因領悟到自己遭遇的不順，重新翻轉對父親的錯誤認知，七等生試圖透過書寫確定自我作為一「男性化」形象的要求與尊嚴；其次，不吃肉事件的重複則來自其對「自身欲求著女性因而非女性化」理念的淬鍊：他曾因不敢吃肉而有如一陽具匱缺的男人，不能保護心愛的母

親，直至某天夜裡陪媽走過一陰森的大榕樹後終於敢吃肉，吃肉意味自己擁有的能力與權力。在這兩則故事中七等生努力描繪出一個經歷啟悟、終於幡然成熟的自我形象，使過去自己的女性化痛苦形象得以扭轉。這兩個意象場景的「重複」，說明其自我追尋難免蹈入傷痛與快感交替循環的漩渦之中。

經由以上分析，七等生書寫的意義正如他自言的：

我的寫作一步步揭開我內心黑暗的世界，將我內心積存的污穢，一次又一次地加以洗滌清除。

我們可以這樣說，七等生的書寫並不意味他內心黑暗的洗滌淨盡，而是確認「內心黑暗」與「洗滌清除」的動力作用與結構關係。「一次又一次」的反覆則說明這種關係與作用的必然性與必要性。

窺視與獨白

除上述之抽象與重複特質，「窺視」也是另一塑造七等生自我形象的重要意象與手法之一。自我追尋既然純是透過「凝視物象——滿足匱缺」的作用形式而來，物象只是其「慾望的

替代」。而外在物象本來就不只是作者主觀的投射。作為一客觀的存在，它終究有自身的運行邏輯，如果要保持純視物象為「慾望的替代」的觀物方式，除非完全不與人溝通，純粹自我凝視。「窺視」就是過度自我凝視的結果。

這一種溝通模式的「觀物方式」是，看者對被看者保持著適當的超然立場，然而想像中又能介入，在語言溝通環境中，他代表的是聽話者的表裡不一，基本上屬於一種人際關係上自我矛盾的經驗樣態。

〈隱遁者〉一文具體表現出這一自我矛盾的人際經驗樣態。本文描寫隱遁於沙河這岸的主角魯道夫「他遠離城鎮和人類，無疑是逃脫不自由的束縛」，因為城鎮在他眼中無異是群魔聚居之所。他隱遁於沙河這岸森林中的瀑布峽谷，具備著各種保持健康的方法。但經過時日的阻隔變遷，他發現自己與河對岸的現實完全脫節了：

首先，他發現現在的沙河「已非往日魯道夫記憶中水淺易涉的河流。新的城鎮也無可避免地替代了舊有的陋村」（《隱遁者》，頁 12）。而他猜測河邊築起了石堤必然因為對岸曾有洪水氾濫，這時他不免有遺憾，因為「新的城鎮沒有半點他的功勞在裡面」（《隱遁者》，頁 12），而且魯道夫清楚知道原來河

水並未阻隔他，而是他自己選擇隱遁。所以他也「為自己的逃避而卑視自己」（《隱遁者》，頁12）。

　　魯道夫試圖與城鎮再度接觸的方式是借用望遠鏡。文中雖然描寫魯道夫幾次透過望遠鏡都無法看到城鎮的事物，最後用木筏渡河，也為急流所擋，大自然改變使隱遁者失去了回城的途徑。但我們可以想見魯道夫會繼續以望遠鏡接續他與城鎮的關係。因為如此它既保障了魯道夫對城鎮人群的關懷，也不致失去自己的存在。

　　但本文的「怪誕」之處在，文中以第三人稱方式刻畫魯道夫的隱遁根由及無緣重回城鎮後，接下來他是以抒情的第一人稱「我」展開與「雀斑姑娘」的書信對白，以抒寫昔日他與「雀斑姑娘」的往來。原來魯道夫之前透過望遠鏡所關心與窺視的主要對象，只具體落在他的「雀斑姑娘」身上，並沒有城鎮中的其他人，而且他進而要求「雀斑姑娘」「絕對地聽命於我，讓我做『一臣之王』來指揮妳。妳不要去接近任何向妳求婚的男人，保持妳的本意的態度，等待我。」（《隱遁者》頁50），然而最後「雀斑姑娘」終究棄他而去，「當愛情已在這個人類的世界出賣給政治、商業和金錢等一切卑污手段的時候，我是被棄的男人……現在我必須像古代的農夫一樣好好地

耕耘自己的土地，並且堅嗇地守住剩下的一切。」（《隱遁者》，頁60）於是透過「望遠鏡」這一媒介來「窺視」，不只為自求保全，而且為避免羞辱，魯道夫此一極端自卑／自傲的脆弱男性形象，終究難以向第三者的「他」（人群）作開展。在這種兩性關係的緊張關係下，〈隱遁者〉的戲劇對白成了作者七等生個人的真正獨白。

蔡英俊在〈窺伺與羞辱──論七等生小說中的兩性關係〉一文，透過「窺伺」與「羞辱」，曾清晰地論述七等生筆下人物如何呈現出緊張對峙的兩性關係。為保護他們的脆弱或「自由」與「獨立」，他們以「窺視」來自我防衛，來保障自己的勝利，或成為一象牙塔中的主宰者。

這篇文評對作為作家七等生的道德立場無疑是譴責的。因為此一「自絕於人」、「自封為王」的形象雖然保障了七等生作為一個小說家利比多的心理層面，卻不能保障他的社會層面，也就是說這種倫理學認識論的「獨白體」從來就不是能自我俱足的。但作為自我形象化身的男性，此一書寫卻有其必要性。包括〈來到小鎮的亞茲別〉中的亞茲別，「是一個改變中的男人，有著由壓迫的自卑中轉換為驕傲自大的性格」，及〈隱遁者〉中的魯道夫，「他遠離城鎮和人類，無疑是逃脫不自由的束縛」等，他們都是被邊緣化、女性化的男性主體。這一恆

常不變的男性形象其實只是〈我年輕的時候〉中刻畫的七等生年輕時期開始的又一變身。

然而從許多負面文評及七等生的答辯，都可以具體看出這種不穩定引起的焦慮不安，他不僅來自作者，也來自讀者。由於自我主體的難以窮究、不斷後退，自我是永遠抓不到、穩定不來的，結果七等生和讀者越是認真答辯，有時反越顯得意旨模糊、自相矛盾，而引起更多的自我質疑與自我答辯，這也因此交織成繁複多貌的另一關於「七等生現象」的「七等生評論現象」。

由此，我們可以踏入七等生創作所開展出來的「獨白體」特質。這一「獨白體」既是他大部分作品的形式，也是他的內容。以前面〈隱遁者〉中魯道夫與「雀斑姑娘」「書信對白」為例。說兩人是「書信對白」是因為「書信體」形式原本預設了寫信者的「我」及受信者的「他（她）」，「收信人對於書信作者所使用的字詞與呈現訊息的方法都有決定性的影響，而這種影響是詮釋書信溝通時所必須予以考慮的。每一封信，的確，都包含了『對方所反應的話語』」，但這些信中的「對白」卻只是「獨白」，因為「雀斑姑娘」始終徘徊在虛與實之間，從未現身。她的編織、善良、被責備的悲傷、向世俗靠近等行動或人格的反應等，到最後經由魯道夫自述，「變成只是我自

造的夢幻，包括妳的人格都是我自己向我自己假造的」。「變成」一詞，保留了現實的「原在」，但文中完全未現身的人物行動使「變成」一詞所指涉的「原在」成為令人懷疑的虛空。於是〈隱遁者〉成為真正的「隱遁者」。

　　七等生就以這徘徊在虛與實之間的游移性爭取他的自我文本化書寫的自由。儘管意義可能終不可究，但環繞整個七等生的

〈橋〉，《聯合報》副刊，6 版，1962.04.08。

「獨白體」自我書寫，是一種把自我文本化，及把文本女性化的過程，就其自我而言則是借書寫以自我治療；對讀者而言，每一個文本中都隱含著另一文本，其互文性雖然可能使結果開向空無，卻也可能讓讀者感受「生命的你也會遇到的普遍事實」。

以故，我們的確可以代他答覆：他原本只求自我安頓、自我證成，我們為什麼不能接納一個隱遁者無傷的自我獨白？

四　七等生自傳性文學中的友誼問題

整體來說，在二戰前後出生的臺灣作家群中，七等生是一位自我風格相當突出的作家，而他的作品整體來說也充滿了濃厚的自傳成分，可以視為「自傳體」來看待。所謂「風格突出」，可以包括他特殊的文體（style），曖昧的內容與怪異的形式；而「自傳成分」，不僅指扣合其生活經歷的題材與人物遭遇，而且含蘊小說中敘述語調與思想觀點的一致性。也就是說，他的作品不僅揭示其個人的生活經歷，即「傳記」、「生平（life）」的部分，還有相當充分的自我（self）揭露，從他各篇作品中許多相當重疊的類似情節，我們可以捕捉他過去生活的真實樣態，再結合他作品中呈現的思想觀念，更可以觀察到一個靈魂的苦索者，其存在自我的演化浪跡。

然而，由於七等生的文學擅長書寫自我，充滿的是個人的哲思、心象，也就是如果從七等生文學是「自傳體」的角度，可能讓讀者直覺以為這樣的作家是否較缺乏對他人、對世界的描摹與觀照？

其實熟悉他的讀者應該都知道，七等生的文學不僅具有相當濃厚的自傳特質，而且擅長架構一個由三角情愛關係所延伸而成的人群互動經驗，甚至透過一個小事件捕捉人性並隱喻社會問題。如蔡英俊所說，要掌握七等生小說的世界樣態，可以從小說中描述的男女情愛的經驗模式出發，藉此返照其小說世界所映射的曲折複雜的人倫秩序（蔡英俊，〈窺伺與羞辱──論七等生小說中的兩性關係〉，《文星》114 期）。這種纖細而敏銳的直覺，是七等生作品具有形上意味的一個要素。以下我們就從七等生文學的這個面向，說明他的文學質素。

以他初開始寫作並於《聯合報》副刊投稿時期的第二篇小說〈橋〉為例，該文敘述兩個高中生平助和吉雄，約好在大甲鐵砧山下的大安溪鐵橋比試膽量，以決定誰能贏得他們共同喜愛的女孩采卿。這樣的比試危及兩岸交通及他們自己的生命安全，因此招來民眾、警官和議員的關切，形成一種對峙緊張的氣氛；但原本較為膽怯的吉雄在這氣氛中反而增長了膽量，決定自己一定要走完鐵橋。最後當他們都平安過橋之後，便因導

致交通阻塞為警官所逮捕。

在這其中，有一組由高中生平助和吉雄，以及他們共同喜愛的女孩采卿的三角情愛對峙，還有另一個由此一紛爭引起的警察與這兩位年輕人的對峙，包含著私密性與公共性的雙重對峙結構。

而橋的在場，則是呈現此一私密情愛角力關係的公共空間。因為一場對峙，較為膽怯的吉雄反常地增長了膽量，完成了跨越鐵橋的挑戰。更重要的，這一對具有競爭關係的「敵人」，卻因這場橋上的競爭成為同行甚至惺惺相惜相互推讓的「朋友」。

讀者可以發現，七等生小說中對友誼的描寫頗為微妙，有些甚至十分詭譎。如上文提過的〈隱遁的小角色〉中的主角亞茲別，這個在著名的〈我愛黑眼珠〉中作為主角李龍第第二自我化身出現的人物，在故事一開始就以一封信說明他和拉格因「差異」不可相親愛卻作為「朋友」的詭譎性：

敬愛的朋友，我要請您寬恕我每一次因為我的行為與語言使您的慈悲仁愛的關懷受到打擊，我深信您真心愛我，才在背後比別人更加倍地誹（按：疑為毀）謗我。

〈隱遁的小角色〉中這一友誼關係和朋友拉格的形象，在其它許多相關作品〈分道〉、〈讚賞〉、〈在霧社〉中都曾一

1990 年後，七等生退休，投入繪畫創作。

再出現。以一篇較為明朗的〈在霧社〉為例，文中描述敘述者「我」和一位從小一起長大的好友雷，一起在霧社歇息準備隔日攀登合歡山的故事，其中鑲嵌的是「我」在學生時代為追求一位女同學獨自騎腳踏車環島的故事，當時雷和他一起騎車到宜蘭，之後「我」堅持要獨自前行以在各地寄明信片給他心中的愛人，但這祕密卻無法讓雷知道，使雷因擔心蘇花公路的危險差點故意摔壞他的腳踏車，儘管如此，雷最後付出他的寬容和風度，並給了他一筆錢，和他約定在高雄相見。這不能說的祕密已說明了「朋友」涵義不是一般概念上的「親愛」這個面向。相反的，正是有所距離，只能訴說而不能完全共融，是差異而不能同一才叫「朋友」（賴俊雄，〈「幽靈」與「朋友」──論晚期解構主義的政治轉向〉，《中外文學》第 32 卷 8 期）。

　　然而，在回顧過去兩人因為「有太多差異和不融洽的事發生，凡是我與他攜手合作的事，沒有一件不是到最後不歡而散的。」同時，他卻又說「當我和他在心中感到極度不快樂時，總會想到對方而想法相見，這是從久遠一直延續下來的事實。」因此，故事卻是在這樣的對話中收尾「我寫信給你你嚇一跳嗎？」「是的，我又驚又喜。」

　　這些看似有點沒頭沒腦的情節，其實是七等生一貫的風格，如果仔細爬梳統貫其小說中這些重複互文之處，會有相當

有趣的發現。比如其另一篇小說〈分道〉（原名〈十七章〉）描述了 AB 兩個曾經感情甚篤的好友與一位美麗女子的互動故事。AB 兩人中，雖然 A 較為篤定樂觀，B 較為低沉憂鬱，但他們曾共同有著對文學藝術的高度興趣，因此連金錢物品都曾共用。然而 A 與 B 在認識了美麗的女子後卻共同愛戀著她，隨著 B 接到家書需返家照顧家庭，B 最終選擇安逸平凡與 A 分道，也放棄從 A 處搶奪她。而 A 則與原有婚姻卻和他有了感情的美麗女子相偕出走流離，當他們最後抵達 B 的住所時，B 已變得冷酷鄙俗。故事以一位神祕而古怪，曾在新路上唱歌而海市蜃樓的草地上唱歌的男人在作品中三次出現的形象變化，隱喻著 A 與 B 關係的逐漸改變，最後結局暗喻著 A 是在暮色中孤獨放風箏的男人。這故事固然藉「現實世界」對 AB 之侵擾與排拒，凸顯 A 之固守「自我世界」與 B 之放棄「自我世界」，但 A 與 B 的互動背後，除了現實及環境的因素，此一美麗的女子作為兩人共同愛戀的對象，仍是讓友誼面臨考驗的重要因素。在愛情面前，友誼不僅顯得艱難，而且也考驗著人性與意志。

如果從友誼的角度切入，我們還可以扣連七等生小說文本中亦曾一再出現的「使徒」、「天使」與「橋者」的形象，拉出七等生書寫中呈現出的他對自我與他者，關於生命政治的嶄新意涵。

第四章

七等生周邊文學人物
沙究及其小說

本章將專門介紹一位與七等生友誼超過半個世紀的好友——本名胡幸雄的小說家「沙究」。在 2015 年 11 月號的《印刻文學生活誌》上，當期的作家專號推出的就是「沙究專號」，其中著名的文學媒體人傅月庵對沙究及其寫作進行了頗為深入的訪問，這可說是沙究隱然消失於文學場域達二、三十年之後，一次極為珍貴的與作家重遇的機會，也揭露了一些沙究與當時七等生互動的故事。

■一　人生之窘

　　沙究究竟何許人？他本名胡幸雄，臺灣師範大學國文系畢業，青壯年時期主要擔任中學教師，多年前已自桃園市振聲中學退休。他曾於 1987 年與 1991 年分別由圓神出版社與三民書局出版有《浮生》與《黃昏過客》兩本小說集，並曾獲時報文學獎之短篇小說推薦獎及洪醒夫小說獎。他筆下人物大都極為簡單，偏向內心活動的挖掘與描繪，加上小說出版量有限，對當今文壇來說，沙究可能是個陌生的名字，真正知道他的不多，讀過他作品的讀者恐怕更是少之又少。

　　然而沙究文字精練素樸，具有創發性與沉潛的內裡情感，總能以內蘊的勁質透顯出小說的張力與動性。季季曾說：「沙

究的文字，有一種詩的凝鍊和淡遠閒適的散文風格。」此說相
當程度點出了他雖作為小說家，卻偏向詩的凝鍊與散文的淡遠
的特殊創作風格，與當今講究結構繁複，文字奢華的文壇走向
可以說有著雲漢霄壤之別。而同樣是小說與散文創作者，也是
沙究好友的雷驤更曾在其第二本小說《黃昏過客》的序言中點
出沙究創作的一個核心主題：

> 沙究的創作面貌籠統地說：自 1960 時代，超現實的寓言設
> 局──今人生之窘純化為單一的局限即時引導出互動的戲劇性
> 張力。這個年輕的文學體質，即已定基在這個道途上，反覆追究
> 了。後來，逐漸吸納眾夥的現實素材進入，小說與讀者間的媒介
> 增強，使作者的面貌出現一種明晰的通情達理。但沙究特異質素
> 並無損減，反而日益爛熟。小說家原所著力的「人生之窘」，遂
> 以各款各式的變奏，呈現吾人面前。

是的，「人生之窘」可以說是沙究在目前兩本小說中可以
歸納出的主要書寫關懷。以其第一部小說集《浮生》中的幾篇
作品來看，與書名同題的〈浮生〉中，主角為了戰時養家，原
以為可以在不明所以多出來的會計工作中被動私藏一點盈餘，
卻因被主管設計而留下永遠的汙點；也因對妻子不貞的行徑不

予追究，不主動爭取妻子對他情愛的試驗，竟而從此見不到妻兒。又如曾刊於《中時晚報》的〈刺刀〉一作，敘述者回溯四叔在戰後初期被要返回泉州的父親託給父親友人，卻反而為之惡待而經歷了一番悲慘，後因緣進入軍營中才終有一口飯吃也因此改變了四叔，使他在短短時間迅速變成窮凶惡煞，甚至在一次二二八事件後的年幼敘述者玩耍中偶拾刺刀卻遇凶惡軍人盤查的經歷，讓當時尚極年幼的敘述者差點嚇破了膽。事經多年，這個經驗使早已成長的敘述者仍對今已變得和藹可親的四叔留下悚懼之印象，再怎樣也抹不去。

在這兩篇作品中，可以看出其筆下主角多半因某種特殊情境，被動或半自動地作出了一些選擇，卻也因這些選擇引來一連串難以預期的事件甚至困窘的「災難」。這些災難對某些人來說可能也只是一個微不足道的「內在風暴」而已，然而其牽扯出的連帶與後延種種，往往左右了主角一生，或成為縈繞主角胸懷，永難磨滅的陰影與痕跡。

■二 沙究小說中的「男性氣概」與其成長情意結

更進一步說，我們可以發覺此中「人生之窘」的關懷更具體化約在對「男性氣概」和「權威」本身的多重斟酌上。如《浮

生》中另篇〈童年〉裡年幼的敘述者和哥哥一樣，對父親賣女求錢卻又墮落買醉的行徑痛恨不已，卻在想和哥哥一起把藏在身後的刀子取出弒父的當口，因為情不自已喊出的「爸爸」而情境逆轉；更糟糕的是，哥哥明明和他同時喊出「爸爸」，卻責怪敘述者因為先喊出「爸爸」而妨礙了哥哥殺父的「氣魄」。而前面與書名同題之〈浮生〉中明明妻子不貞，但敘述者的不追究並非引來妻子的懺悔，反而是這麼一句「連自己的妻子和別人相好都不敢吭聲的人，是我不要的儒夫。」

　　「男性氣魄」或「男性氣概」的有無，顯然是其作品中一再書寫的焦點。因為它不但左右著文中人物的行動，甚至造成致命性的影響。然而，也有這樣的差異形貌：錄於《浮生》的另作〈復仇〉中，落草為盜的兩男子，其中具有大哥形象的敘述者伙伴，因為被一更為威武的男子所威嚇，喪失其英雄氣概，想藉由與敘述者砍殺了結性命，在比鬥一番後因為敘述者的遊說，及重新定義浮生的意義，兩人決定離開盜匪生活。另外〈高岡冬景〉中，鋪寫作為菜鳥下級軍官的敘述者在當兵生涯中偶見一寂寥妓女之深情一瞥而縈繞於心，另一敘述核心則處理軍中同僚誘殺一隻黑狗的殘酷景象，敘述者在文中表示「嚴密紀律撐持下，尖銳的個性經過磨削，自然容易產生童稚般的心性。和他們朝夕相處，我不自覺熱愛這純男性集團所維持的那種和

諧關係。」

〈復仇〉、〈高岡冬景〉兩作和前文〈浮生〉、〈童年〉、〈刺刀〉所述類似，都透過一些「非常」的事件介入生活並改寫生活的意義。然而這些「非常」事件相反地卻使得敘述者或主角人物反思及覺察到自我的脆弱，因而能放下虛張聲勢的「尊嚴」或「男性氣概」，而與其他男性共處。顯然，「男性氣概」在此自有其在世態倫常中的必要性；然而它同時也代表一種衝動，並不符合敘述者認同的自我形象。因而，「男性氣概」的闕無和恰當展現與否，也成了沙究書寫中一再反覆與斟酌的母題。

如此的書寫特質讓我們不禁好奇沙究的家鄉與其成長，究竟出於怎樣的環境與影響，使沙究成為沙究。根據其自述，他從小成長於臺北「士林」，「民國 50 年以前的士林是相當美麗的，我居住的大南路在當時是最熱鬧的一條街，來往的人雖多但不躁擠。走出門口街廊，右邊不遠是廟埕寬廣的慈誠宮，抬頭還可以看到翠綠的山色；左邊百公尺遠有座吊橋，橋下基隆河有舢板船來往士林和滬尾之間」。那時沙究家裡開的是零食雜貨店，「來來往往各色人等，耳聞既多，聽到各種軼聞雜事，默坐聽聞相當有趣，這些聽聞有的後來成為小說的素材。」

而沙究也特別提到以下這段他成長路上的經歷與糾結：

我有六個兄弟，全靠租賃的小店鋪營生，生活相當艱苦。小學五年級，母親已經和住家對面腳踏車店師傅講好，願意畢業後收我為徒弟，在那時算是給了人情。哪知升上六年級，母親願意讓我參加補習，後來考上初中，學徒事自然作罷，家中不僅少了一個生產者，還因臺北通學增加開銷，貧困依舊。這一切怎麼和人家去比呢？自卑，浮誇，羞愧成為我隨時要去面對的情意結，童年士林對我的影響就這樣隱潛在內心深處，所有面臨的境遇漸漸累積而成為胸臆間的塊壘，自然就會透過某些形式表達出來。（見《印刻文學生活誌》傅月庵訪談稿）

　　以上這段文字說明了，因為家中兄弟眾多，沙究原來應該在小學五年級時就要去當腳踏車店的學徒了。沒想到母親後來卻讓他去補習考初中，也因此增加了家中的開銷。這當然說明了沙究後來得以進入大學，之後成為一名高中教師的背景。但因為貧困依舊，沙究特別強調了，「自卑，浮誇，羞愧」因此成為他隨時要去面對的「情意結」。

　　如前已提過的〈童年〉，這是篇對童年經驗與家庭親情關係挖掘相當深入的創作。文中敘述者童年因為飢餓貪吃，母親一次竟誘騙之害他被食物嚴重燙傷，及因家境及父親的無能墮落，害妹妹曾經差點被棄養。童年帶來的是驚恍、創傷與對自

我的否定，但最終在長大成人重新回溯之後，敘述者卻以極平緩低調的方式讓缺憾還諸天地。不但不因此對家庭或父母有所怨懟，或對童年經驗有所批判或控訴，反而認為：

這世間的道理永遠講不清的，要是父母親沒有狠下心去犯那樣大的錯誤，妹妹當真永遠成為別人家的女兒，妹妹既然回來好像什麼事都能夠原諒。我不曉得母親的想法，至少在我們心中，母親還是我們的母親，父親，還是我們的父親。

在此一對人世倫常的一再體會與肯認之下，我們發現貫穿在沙究作品中的人物典型——一個經常受窘，選擇退讓，卻如是在時光中，彷彿與塵埃同老的卑微角色。「退讓永遠是兩難的命題。然自人心移去這一情操，人類永遠沒有可以取暖之處啦。」沙究在〈《沙河悲歌》中藝術家的執著與退讓〉中如是說。作為創作者，此一人物典型雖未必是作者的化身，卻也足以見到作者對人世的無比善意與深情。

三　深情的小兒子阿萊沙

這或許正是雷驤憶及青春年少時期友人間稱呼沙究為

「《卡拉馬助夫兄弟們》中的小兒子阿萊沙」的原因。《卡拉馬助夫兄弟們》中如此描述這位阿萊沙：

> 大家都愛這位年輕人，無論他出現在什麼地方。
> 他身上有點什麼會說出，暗示出（以後一輩子也是如此），他不願作任何人的裁判官，不願作主責備別人，也無論如何不責備人家的，他甚至好像一切容忍，絕不怨艾，雖然常很悲苦地發愁。

確實，正是這種「好像一切容忍，絕不怨艾，雖然常很悲苦地發愁」的特質，使我們有了收錄於《印刻文學生活誌》中的〈疾行車窗〉，這樣一篇混合著崇高與恐懼，關於「碩大乳房」的書寫隱喻。敘述者我為一夢中經常重複出現相同景象的中年男子，他經常夢見一從狹窄公車窗內向外望的倉皇男子的臉，雖然在成年後雙親過世，自己也習慣獨居，公車夢境不再，並沉迷單人機車旅行，但一回機車旅行坐立海邊的強烈孤獨感之後，母親呼叫小名的幻聽與童年時許多母親與成年女性乳房的意象則縈繞不去。「乳房」意象在一次與相近的年輕女同事的互動中成為不經意話題並發展為騷擾般的誤會，並迅速躍升為原文主軸「乳房恐懼」，也因此年少時一再出現的倉皇男子的夢景不再僅是夢景，在最後成為駛進現實人生的公車，混雜

著盤貼了幾隻血蛭的裸露的乳房上，分不清是慕戀的年輕女同事或母親的柔語呼喊聲響。

　　筆者以為，這一詭異的想像，重複糾結著對父親威權形象與男性氣質，與對母親溫婉又難解的依戀之間，既拒且迎的恐懼情結。正呼應了〈童年〉中探討的主題，自童年主角就不斷地犯錯，這些即使不是他錯也受處罰或受難的經驗，使他不斷自我否定，最終無法達到一種穩定的自我形象。而那年輕時公車上反覆出現倉皇失措的男子的臉，彷彿讓讀者反向窺見了沙究作為男性創作者，背後糾纏著從母親、女性而來，帶有神聖與賤斥的雙重幽暗情結，道盡存在之惘惘威脅。其因此聯結主體與認同、存在與書寫、美學、倫理……，來與不來，說與不說之種種奧祕。

　　最初注意到沙究，主要便是從他那篇談論七等生小說的文章〈《沙河悲歌》中藝術家的執著與退讓〉開始的。《沙河悲歌》一書可以說是七等生最著名的小說創作之一，是寫主角李文龍為追求當一名演奏樂手而走過的悲辛生命道路。此書曾改編為電影，並獲得2000年第四十五屆亞太影展最佳導演（張志勇）、最佳電影音樂（翁清溪）等大獎。而在沙究這篇〈《沙河悲歌》中藝術家的執著與退讓〉裡，沙究認真探究《沙河悲歌》中主角李文龍的生命道路，認為李文龍的存在幾乎是環繞著退讓與

七等生

沙河悲歌

父親死後十年，他和弟二郎在一個大晴天的上午，從沙河鎮步行到南勢山父親的攻地，有一位瘦小的老頭已經準備好工具坐在那裏，旁邊有一棵樹的陰影下，看到他穿過相思林小徑朝公墓的所在走來時，才站起來。他問道：

「你們是李家兄弟？」

「是的，你是——」

「夜鏡，我來爲你們父親檢骨。」

這位老頭子個子甚爲矮小，模樣甚爲奇特，全身的氣氛是灰黑而破爛，半點明朗和喜氣。他戴着笠帽，壓著一張乾枯無光彩的冷默臉孔。他是一個老人，但看不出到底有多少年齡；他似乎可以很老很老，但他的模態永不會再有改變。他穿的衣服尤其不倫不類，似乎是拾來的舊衣而加以手工改造的，先前一定是很秀挺華貴的服裝，且必定是到村魁偉的英俊漢子所穿的，常常他們穿舊或有破損把它丟棄或捐給慈善的團體，經過瘦輾幾次手，最後淪落到這位矮來的寬圈換樣，因此穿在他瘦小身上，看起來非常可嘆，有點兒閩戲班裏的小丑，可是馬戲班裏的小丑有化粧的笑臉，這位老頭子卻有一股真實的冷漠表情。他的臉並不滑稽而是陰沉，淡漠和嚴肅，配合一種目眶雨淋的風霜，他的嘴巴已剩下幾隻歪歪斜斜的長牙，說話時不很清晰。他說：

「香和銀紙帶來嗎？」

「都帶來了。」

二郎把手裏提著的包巾提高給他瞧。

「國鳳死了十年了，真快。」他又說。

文顏有些驚訝這位老頭子認識父親，並且說出了父親的名字，鬧憤排到這位老頭毫無所知。

老頭子走在前面，領著文顏兄弟在攻丘之間的蜿蜒小徑行走，然後停在一座題刻名字的老墓碑的墓前，二郎見到父親刻那假個肥幾近草率的攻墓...

冷靜，近乎不高興的回憶和勞頓。老頭子叫他們兄弟燒香默告今日要將他們檢骨遷居。他注意到弟二郎非常恭敬地敬著老頭子叩拜。用額頭把墓前的石頭頂額開，石頭間的水泥經過長久的侵蝕已經碎裂...石頭便紛紛地滾落散開，很快地再用鋤頭把沉攻丘早已掘陷了一個大洞，很快地再用鋤頭把鬆的泥土挖出來，李文龍站在旁邊，他是第一次來到這泥土挖陷...

報後超回沙河頭接到父喪死亡的電報時，乘機一切都走在出殯的行列。只等著兒子的他，那時心懷百感交錯，他走回沙河鎮那幾火車到他人對他的親切，心懷超過被詛在忍受，所有那時的一切事情已記錄眼淚...後來做好的攻墓，前和他的面目已改善...生活的漢難，鄉親和他感的世界近新的面目...他不能把這一切需過是現在他沙河鎮攻丘...坎，直到現在走一切感到現在攻茫然...他站在公墓地的山頭攻望...風光，直到上天的山谷...木瓶頁的憤怕。吹到南勢山的山頭公墓地。

〈沙河悲歌〉，《聯合報》副刊，12 版，1976.05.19 至 1976.06.21。（每日連載）

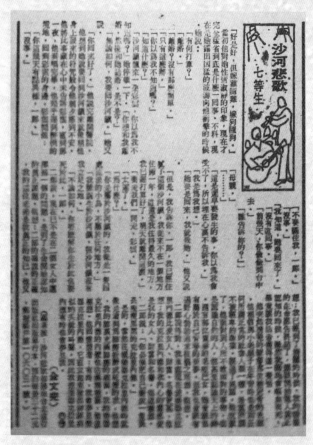

〈沙河悲歌〉，《聯合報》副刊，12版，1976.05.19 至 1976.06.21。（每日連載）

執著的兩線情意在發展──看似背反，卻永遠纏縈不清──而其終結總是用犧牲來表達。

　　比如小說中李文龍追隨葉德星歌劇團成為一名職業樂手，第一次返家在父親盛怒下經木劍一擊「左手臂形成了半殘廢，在不知不覺中會有顫動或高舉的現象。」但這並沒有使他退讓，反而執著地認定吹奏樂器才是他自我表現的唯一形式。然而當他回到家鄉流落為一名酒家的奏唱手，他的執著便漸漸染上退讓的陰色，隨著身體的問題，他的吹奏由傳佩脫到薩克斯風到

《沙河悲歌》電影劇照。

七等生《沙河悲歌》導演張志勇討論劇情。

● 天使與橋者　七等生小說中的友誼

七等生小全集中的《沙河悲歌》。

克拉里內德，連自我表現也被迫移轉，只能從那「高傲而飲泣般的」樂音中他找到自己的生命哲學。沙究在此意指著為了藝術的追尋，從生活中退讓似乎是不得不然的選擇。因此，沙究認為，「《沙河悲歌》提煉了一具卑微的生命來理敘鏡外生活的真實悲劇感，退讓永遠是兩難的命題。然自人心移去這一情操，人類永遠沒有可以取暖之處啦。」

四　沙究與七等生、雷驤的友誼

而挑選沙究作為談論七等生在現實生活中友誼關係的第一位，主要也因為此一「可以取暖之處」。在七等生周遭，有許多的朋友，他們不一定經常見面，但若不是這些友誼，七等生的書寫面貌應當也會有很大的不同。沙究算是其中友誼最長久，也最純粹的一位。

關於沙究與七等生的認識與互動，要從沙究進入師大國文系讀書左右開始。沙究說當年聯考他最初先是分發去了中原物理，隔年不滿意重考之後也僅考上大同工專機械科，就在就讀大同工專時一回因為服裝不整和教官吵了一架後，本來不想念要直接去當兵了，卻因為一位小學同學要他去陪考社會組，他就這樣糊里糊塗考上了師大國文系。也在進入師大國文系之

後，因緣際會的，他認識了雷驤和七等生：

　　我有個同樣考上建國初中的小學同學，現在是知名畫家賴武雄，高中讀臺北師範藝術科，小雷驤兩屆，對雷的睿智和七等生的不羈曾作了令人豔羨的描述。賴畢業後分發士林國小，雷因為同學老白也在士林國小，一大串人遂全都聚在一起，包括音樂家徐松榮，畫家簡滄榕，小說家七等生，詩人舒凡等等。（見《印刻文學生活誌》傅月庵訪談稿）

　　他說當時雷驤原想拍電影，弄來一部 V8 後，大家都參與了配樂、劇本、分鏡等，計畫分頭去大搞一番。可惜最重要的資財沒有一個人有，後來只好不了了之。

　　回憶年輕時候與雷驤、七等生的互動，可以發現沙究對當時的他們仍然充滿懷念之情：

　　雷驤，七等生，簡滄榕和我常聚在一起作深闊的談論，雖然很多是個人臆度而加以誇張擴散，卻是非常精彩，有些場景到現在還是很懷念，繪畫，音樂，電影，文學便在互相啟發而樹立了自己的格調。當時二十多歲，真正寫得比較勤的是七等生，遭遇的挫折也比較重，而我跟大家談說完理念情節，好像作品就完成了，所以留下很多殘稿。

這段文字可以說明，這是一群志趣相投，才華洋溢的文藝青年們，生命中光彩絢爛的青春階段。沙究提到他的作品開始登上文壇也就在那個時候：

大家聚在一起，通過言談，從音樂，繪畫，電影，小說，感受到人類文明最精緻的部分。《文學季刊》成形時，七等生較多空閒，負責編務，就把我不成熟的作品登上去，……我比較專注認真寫作是在民國七十幾年，父母相繼過世，與生命存活的關係突然緊張起來，文字表涵便成為我和它交通連繫的工具。

如果觀察如今看來無比重要的 20 世紀 1960 年代刊物《文學季刊》，可以發現，從第一期開始，沙究與七等生便是一起投稿的好友。1966 年由於七等生加入《文學季刊》，並擔任實際編務工作，當時他的好友沙究與雷驤亦同時從《文學季刊》登上文壇，七等生在全部共出刊十期的《文學季刊》一到五期都有創作刊出；沙究在第一、二、四、五期也都有詩或小說（都以本名「胡幸雄」刊出，詩僅見於第一期）；而雷驤從第 3 期開始，之後三、四、五、六期都有創作。早期沙究以帶著超現實夢幻感的小說為主，卻和七等生一樣，從第五期之後便離開《文學季刊》（據季季 2011 年 12 月 10 日在由筆者邀請的課堂演講中口述，他是和七等生相偕離開）。之後七等生持續創

七等生作品集。

作，並於 1977 年由遠景出版小全集十冊，今天已是足以進入
臺灣文學史的重要創作者；而雷驤亦已累積相當亮眼及令人不
容忽視的創作特色與位置；相對的，這位量少質精的小說好手
沙究卻因其特殊的執著或延遲，至今僅有《浮生》與《黃昏過
客》兩部小說集問世。

　　細述這些刊載情形主要在說明，沙究之登上文壇，可以說
和這兩位文友七等生、雷驤有著密不可分的關係，而三位創作
者特殊的「男性情誼」也形成文壇至今極為特殊的一景。七等
生離開《文學季刊》之後可以說開展了他更為殊異而具個人風

格的寫作，也因此在文壇曾引起過巨大的騷動，這些爭議從 1977 年由張恆豪主編，遠景出版的《火獄的自焚》中可以一窺端倪。書中有一篇〈《沙河悲歌》中藝術家的執著與退讓〉，即由沙究以本名「胡幸雄」所寫。文中探討七等生著名長篇小說《沙河悲歌》，認為書中主角即藝術家李文龍，其對藝術的執著換來的是犧牲，犧牲的結果是不斷的退讓，因此到最後，「退讓」是執著的藝術家必然的結局。

筆者深感興趣的是，作為寫作才華絲毫不亞於七等生與雷驤的小說家沙究，他在文壇近乎神祕的隱遁與少有著作，某種層次而言恐怕比起七等生更值得探討。因為對七等生而言，所謂執著便是無路可退的，那麼如何去理解如沙究在文中所意謂的「執著與退讓是李文龍存在價值的兩線情意，看似背反卻永遠纏縈不清──其終結總是用犧牲來表達」這樣的意涵？

在〈《沙河悲歌》中藝術家的執著與退讓〉一文，以本名胡幸雄署名的沙究為文中的李文龍設定了一個比喻：「本文李文龍像柏拉圖『洞窟之喻』裡的一位鐐住枷鎖面牆而居的活生生罪犯，偶爾能感覺些光影卻永遠見不到光，二郎則直立洞口，只要願意張開眼睛便能觀覽『美自體』。」

此一論述主要在將李文龍視為一個卑微的生命悲劇，永遠只能是柏拉圖洞穴中的囚犯。而最重要的，即使沙究也提到「退

讓永遠是兩難的命題。然自人心移去這一情操，人類永遠沒有可以取暖之處啦。」但他似乎想說，被囚禁於洞穴是李文龍自取的──狂熱的藝術表現慾自不關懷生產的人內底撩起，斯時便自己為自己預設了悲愀的生涯──這是沙究在文中最後對李文龍提出的「批評」。然而，此一說頗有可議之處，或也正可透見作為「創作者」沙究，可能面臨的問題性。沙究此文呈現的問題不僅是一個文本內在的語意矛盾，而且也是一種裂縫與破綻，也因此值得我們進而一探沙究其人創作與書寫現象的某些奧義。

正如蕭義玲在〈內在甦醒的地方，才是吹奏開始的地方──從七等生《沙河悲歌》論生命藝術性的探求〉一文中與胡幸雄的對話：「作者讓李文龍以『克拉里內德』到『酒家奏唱』的『實踐』之義，若我們把它視為一項具意義性的行為，則此一表象上『毫無尊嚴』的『退讓之選擇』，卻可能現出『充滿尊嚴』的『生命之承擔』。」足見在「執著」與「退讓」兩端，沙究似乎以現實的「生產」為優位，而對可能與現實極端衝突的藝術追尋選擇「退讓自縮」？

與七等生相較，尤其從同性情誼與兩性關係的部分，可以看出沙究對捕捉人性幽微層面的關懷與七等生極為相似。他們都常藉由第一人稱的視角，或彷如作者化身的敘述者，處理世

態人情的繁複詭譎面貌，並由此轉向內在，一再探問自我的應對之道，甚至不惜呈露自我的不堪、尷尬處境。不同的是，七等生的文學似乎更重視如何抵抗「不合理」的世道，維持自我的完整。而沙究的文學雖然同樣呈顯外在的威權或暴力，卻在價值判斷上更傾向服從外在的人世，或對之有更辯證的包容。

然而，也因為有這一包容的性格，我們可以發現，在雷驤、七等生、沙究這一組年輕時極為親愛，年長後有兩位幾乎是反目成仇的三人小組中，沙究始終扮演著另外兩位年輕友人的天使，同時能維持著好友的關係。在 2003 年版的《七等生全集 2：我愛黑眼珠》前七等生少數精挑的幾張照片中，便有如下一張沙究與七等生的合照，下面題署：1965 年左右，沙究與七等生。這張頗為模糊的照片說明了七等生對他與沙究友誼的珍重。

在筆者與沙究不久前的通信中，沙究提到雖然在《文學季刊》出刊前，他也會在明星咖啡館聚會幫忙校稿，但真正有印象的是尉天驄、陳映真、黃春明。而黃春明和聚在士林國小這群的舒凡同樣來自宜蘭，偶爾也會出現在士林國小，比較熟絡一些。惟「我和雷驤，七等生很親近，聚在一起總能自得其樂，我和文季那些人卻是疏遠的。」

1967 年 7 月我到金門當兵，文季的狀況我不清楚，所以就沒

1965 年左右，沙究與七等生。

有跟七等生一起離開文季的問題。1968 年我隨軍隊換防到臺南機場，五月，陳映真沒來，等我七月退伍才知道陳映真因赤軍聯的關係被捕，這件事季季新出版的書說得很清楚，我是聽同是士林人陳映真的好友曹永洋說的，他被拘訊一天一夜，微笑著說這件極不愉快的事情。……

　　當兵回來，一切都起了很大的變化：雷驤和七等生的同學老白，母親搬來同住，老白的士林國小宿舍大家不能去了；雷和七都已結婚並且有了孩子；我要去文化大學念哲學研究所，又不能沒有工作，煩惱得很。對著總譜，以顫抖的年輕靈魂聆聽大提琴

傳來的顫音，談電影，談文學，談內在感性，凡諸種種，從優位淪為擾心的累贅。

1968 年 9 月我進入淡水國中，課全部排在下午，文化哲研所選上午的課。雷驤調到淡水興化店，七等生在文藝沙龍工作沒幾個月就辭職離開，這大概是他短篇寫最多的一年，有一次在公車談著共同目視到的一座圍籬，幾天後他就寫好〈跳遠選手退休了〉……

1969 年我哲研所撐不下去，教書也從桃園壽山國中，經周志文介紹轉到私立振聲中學，七等生音訊全無，雷驤借調板橋教師研習所，舉家搬到板橋。斷斷續續我還是寫了，遇到不順便丟擲一旁，所以累積的殘稿很多，我沒有積極去處理，徒留一些概念，因為沒有可發表的園地，事實上也積極不起來，往後十多年間，除了酒飲之間朋友的闊論，我沒有寫下一篇完整的小說。1980 年代因雷驤的關係，認識中時副刊主編金恆煒，發表「秋天午後」，金轉辦當代雜誌，其後陸續在中時，當代，聯合文學，自立早報發表小說。……

以上長篇引用沙究的回函，主要因為筆者請教關於他是否在《文學季刊》第五期後便和七等生「相偕離開」？沙究的回答是，1967 年 7 月他去金門當兵了，他也不清楚《文學季刊》的狀況，所以就沒有跟七等生一起離開《文學季刊》的問題。

然後當完兵回來，雷和七都已結婚並且有了孩子；沙究要去文化大學念哲學研究所，又不能沒有工作。所以，「一切都起了很大的變化」。

　　然而，1968 這年的七等生，正如前面章節所說，他在文藝沙龍雖然只供職幾個月，卻遇到人生極不堪的挑釁，而這段時間，七等生一年內寫下了約十五篇小說，幾乎是他小說產量最多的一年。在七等生的小說全集中，1968 ～ 1971 年左右的作品收為《七等生全集 3：僵局》，單從題目「僵局」，便可以知道七等生開始走入與外在世界陷入對峙的僵局狀態。在 1969 年到霧社國小代課一年後，七等生選擇回鄉教書，沙究也繼續他的教書工作，此後並一直在桃園的中學教書而定居下來，他們最青春不羈的「臺北時期」，從 1967 年七等生離開《文學季刊》，沙究去當兵之後，全部畫下了句點。他們雖未相偕離開《文學季刊》，但因為沒有七等生邀稿，沙究甚至也擱下十多年沒有再投稿，從此他們確實都一起從《文學季刊》消失了。

《僵局》早期出版書影。

由雷驤所繪製的《僵局》精采插畫。

的成完作創以生等七
圖學文

通霄方圓數里及劉武雄生命中發生過
的事，以「窺見內在的世界」（引自

曾隆明／地圖繪製

苗栗縣

西湖鄉

銅鑼鄉

三義鄉

通霄鎮

《第三○八號》

陳畫人

字題／農靜臺

《書之眼》

書‧書店‧讀書人

七等生作品地標：沙河、樂
天地、圓滿酒家；訪出版人隱
地、德國繪香布赫茲圖像世界

《靈魂的出口》、《垂釣睡眠》、《曉夢迷
碟》、《垂釣睡眠》書評

間生命之神！」小起著寫成內容那
不變。只是「轟轟已老」。引人噓息。

《重回沙河》中的河上水泥橋、通霄海
水浴場、七等生仁愛路老家，《我的戀
人》

站舊址……跟隨七等生的省視自我遊
遇、敘述痛與昇華，以另一隻眼尋找作
家生命落腳處，明白他如何賜給發生過
的事物、地址以不同樣貌的過程。同感
沈重與喜悅。

作描述通霄、通過七等生，通霄在他筆
下有著越來越多的地表浮現，成為一個
真實卻又賦予創作上的意義之地，終於

十三歲喪父，這對生於通霄長大而
尚未成為作家七等生的男孩劉武雄而
言，命運與生活的沈重從此成為他寫作
的基調，以「窺見內在的世界」（引自

當我們追尋小說事件背景，穿
越故事文本，到達作家豐富的原
創之鄉，重建作品現場，閱讀與
創作有了更深刻的生命情景。

那是七等生所說的「當我年輕
的時候，非常的寂寞和孤獨」
（《散步去黑橋》）、在《我年輕
的時候》、也是他在《父親之
死》中非常寫實的以天賜之子自
述「這個男孩一點不因父親的死
而悲傷，因為從今以後，沒有人會
再欺騙母親」的生命底蘊。更是
穿越寂寞與孤獨，背叛後沈思況
味：「在這樣的思想裡，所有生

物表、事件變遷也依附這條藏路
從通霄鎮中心出去穿越三二
省道以前全是牛車路」現在是
台六十一省道，是《散步去二
廊路或以前全是牛車路」現在在
的頭段路鋪到了柏油、車子跑
道約走了五百公尺停下」「現在在
在呈厂形的閩式建築前，七等生
口池塘有點怪，是成四方形的
它無比的大」。湯家海浪捲上來
然走當年的富有人家「湯家日日
沒落了，看起來到處是沒有門葉的
而湯家池塘小邊叟第一次發現鬼
到很驚懼，它的形狀很恐怖
時，水藍有波浪，它的形狀像海洋
現在之眼彷彿說給自己聽」：「
什麼都很大，處處充滿掙扎與自我交錯
之間，看起來到處是沒有門葉的
回不來的危險，令人同在那個
常不忍。」作家將往於作品

我們繼續上路，一時之間凝聚
朝上走就是，突然，有個問題了
大問題，是小說中「他望著往北
路，又看看往東的上坡路」的躑
門問了一間四合院內正在修車的
進了一條舊式土壁腦死路，終於
橋。不！一座水泥橋。「在過橋
邊，微彎地通到一座竹林為屏的
磚的農莊，那必定是呂家農

黑橋由木橋改建為水泥橋，而
呂家農莊地理位置沒變，只是已
釣魚蝦場，在相思林及菜田的包
有三個少年郎在既非假期又非
坐在醫天的釣魚，椅邊放著啤酒
著他們的遊要。

影攝／綱良張

橋黑的

（文轉四十

舍。」

（文轉四十

回到沙河

重建閱讀現場：七等生

文學地圖為創作者經過作品開拓了人文地理幅員。如沈從文湖南鳳凰、林海音北京城南、張愛玲的雙城——上海、香港……沒有這樣一張地圖，我們無法透視街道、山脈、河流……硬體實物內裡的生命情調。文學地圖是作家創作身世的另一張年表，是書寫之外的另一種出版。讀者可以拿著這張地圖，深層進入作品脈絡，到達閱讀現場。

《讀書人》系列報導，從本期開始，推出「重建閱讀現場」系列報導，首輯製作小說家現代主義大將七等生專號《回到沙河》。由攝影家張詭綱「掌鏡」拍下沙河的實地——通霄現貌，以深度報導與第一手實景共同重建文學閱讀現場。

〈情與思〉（小全集序）的方式，成為小說家創作的文本，鋪展七等生與生命及青春的對話，尤其富含哲思的命題，真是作家的軍話。（編者）

▲▶七等生在沙河上眺遠橋泥水的

「活細節的重量記憶會變得有意義……」這是創作生命之所由來的途徑。」閱讀者思及書中情節同一路線，形成通霄文學之旅，以七等生幾篇知名小說及生活札記為指南，見證一處一處背景，重建一張七等生專屬的文學地圖。

《重回沙河》〈我的戀人〉

沙河上的橋、通霄海水浴場、仁愛路老家及雜貨店門口的汲水站舊址

我們第一站就是通霄海水浴場，正午的陽光由大片木麻黃樹梢照下，〈沙河悲歌・獨泳〉中，敘述海水：「漲潮時沙岸斜成東北到西南的角度，浮在水面的自如感，頓時把生命的煩燥拋乘了「海洋的幻畫」裡：「前幾日在海水浴場時感覺右臂扭傷了」〈海洋的幻畫〉裡：「……看來今年再也無法下水游泳了」七等生說他非常喜歡到海水浴場游泳，每年五月通霄海水浴場開放到十月，六個月裡他幾乎每天來游泳。

出海水浴場路口就是通霄火車站，這裡是七等生出發到外地或回家的驛站之一，〈受創〉中「周六上午十時四十四分，我陪年老多病的母親搭火車回台北」，在火車上一切平安無事，我大部分時間在看安瑟・亞當斯的攝影集」，〈看照片要像讀書一樣〉中「原定今天和尤莉到台北東區電影」〈現代啟示錄〉和〈克拉瑪對克拉瑪〉的一個小火車站，只有海線從這裡經過：「這裡沒什麼！」七等生說。不知道為什麼，他似乎並不喜歡。

〈散步去黑橋〉〈白馬〉

黑橋、湯家池塘、路、呂家農莊

〈散步去黑橋〉中，七等生……個童年的靈魂遊蕩〈即my soul……遊魂〉，在一個午睡醒來……

火車站對面是中正路，穿過這條三角地帶。如今，七等生的老家，到仁愛路……如今，在我們面對面是「空了好幾年不住的樣子」，我驚訝於老屋曾空了好幾年不住，和陳舊不堪的樣子〈回到沙河〉〈我的戀人〉，也不是〈重回沙河・童年時〉，父親逝世不久，家還因、前後鄰居的惡眼惡相，以共道德的情形給我極深的印象，為幅射一整本的生活記錄。

我們注視一整本的生活記錄。我們的首篇〈老屋〉地點、現棟樓房、三角地開著同菜苗生遠遠等我們拍照，他在《重回沙河》時期，首篇〈晨河〉描述，「把相機放在自己的Pentax照片」，我的第一張擁有的第一張……中小男孩守候、更遠仁愛路盡頭是紅水槽遊〈我的戀人〉我朝著另一個目類似一隻極為清潔樸素的鳥的種面貌、田景、竹林……成為故事彷彿仍在進行，而七等生走近來。

第五章

七等生寫作歷程及作品
中的橋者、使徒與天使

一　國家文藝獎得獎與七等生呼喊的「橋者」

2010 年七等生榮獲第十四屆國家文藝獎，在得獎專刊的得獎感言中他曾提出了一個關於「橋者」的說法。那是當國家藝術基金會告訴他，可以找任何一位想得到的頒獎人來頒獎時他問的「什麼人都可以嗎？」「是的。」於是他口說出一位女性的日本名字 Akin 而無人能懂，原來這是他童年時期的一位小姊姊。

這位女性如今再也不知身在何方，但七等生在得獎感言中說，在他貧窮自卑的童年，是這位小姊姊 Akin 曾以最自然的接納，關懷他、接濟他，使他雖仍羞慚跑開卻永懷心中。這位留在他如今年邁的心靈影幕底層，成為他永恆追懷的形象與人物，是他心中真正的頒獎人。他並且將得獎視為一種「神恩」，說感謝那些在人間接納他的讀者、評論者，他們才是他的 church：

這返回到童年的我自己的老年思緒終於明白 Akin 是我最早生涯之路的 church（橋者；教會），何者藉她發聲呼叫我，關心我，視我有如我是她的親弟弟？之後，在我學習認知和成長的彷徨路上，有周寧、楊牧、馬森、張恆豪、蘇峰山……像 Akin 一樣，他們對我而言，又是何者藉他們豐厚才學的筆寫出瞭解我，詮釋我，

七等生 2010 年榮獲第十四屆國家文藝獎。

維護我，當有人有意無意拋出石頭擊傷我的時候，他們義不容辭
的挺身而出，成為我慚愧的心的 church。（參《第十四屆國家文
藝獎得獎專刊》之得獎感言，國家藝術基金會）

　　這段深情動人的文字，除了凸顯出七等生與宗教的關係及
對教會的態度，極特別之處尚在，他將「教會」這一詞彙按照
英文 church 的音近關係，轉換為另一具特殊意義的「橋者」。

熟悉七等生作品的讀者，不難聯想到他有一篇重要的小說〈散步去黑橋〉，便是以主角偕其童年的靈魂「邁叟」，共同去尋找一座意義特殊的黑橋為主題，來寫時間的流變與悟道的意義。筆者在先前完成的《鬼魅、文學敘事與在地性》書中第六章〈文學敘事的在地演繹——由七等生小說〈散步去黑橋〉的「在地性」談起〉，便認為此作利用成年的我和童年邁叟的「差異觀看」，將這種原已「看不見」的「過去」得到從不同角度加以重新觀看的可能。文中透過「記憶」與「回應」召喚出的「黑橋」，是對主角充滿生命啟示的「聖地」與「聖物」。

　　〈散步去黑橋〉文中如此敘述這段「黑橋」神聖意義的起源：

　　邁叟有如使徒這樣告訴我：晚飯後他們帶著草蓆到橋上，把草蓆鋪在橋板上。他們睡在上面，有的坐著，男女在一起說話。我睡在他們的旁邊，視線朝著夜晚的天空；他們在談星辰，星的名字，以及星的故事。我注意在無數的星中去找尋他們談到的星，他們會指出星的位置，而且一有發現就告訴大家，我細心地記住他們說出的話及指出的星。

　　這個主角童年時意義重大的一個夜晚，其實是童年的靈魂

邁叟在二次大戰戰亂中，與家人為了躲避空襲遷居山區而度過的一夜，黑橋則是遷居的家鄉郊外山區呂家農莊旁的一座漆上柏油的木板橋。從隨後的敘述，我們也明白了，這座橋和這個夜晚的神聖，不僅來自這個孤立的時間或空間點本身，而是來自與其相連的時間階段正是二戰的戰亂時期，當戰後父親到這裡來接回家人回鎮上時，他們因為父親的發動，全家上下在呂家農莊旁的黑橋下水潭捉魚。

戰後不久，父親也隨之過世，全家開始陷於貧困流離，之後大哥玉明又接連過世，戰爭的結束反而是他們家庭貧困流離的開始。這戰亂時期的黑橋記憶，因此成為他最後的歡樂時光，也標誌著童年最美好的印記。

本文值得注意之處在於，文中用「使徒」來稱呼這位與成年又世故的主角「分裂差異而又統一」的童年靈魂「邁叟」。

「使徒」（Apostle）乃基督教特有的名詞。原文的意思是受差遣者。在基督教教義中，它可以指一種職分，也可以指一種屬靈恩賜。是為某個特殊使命奉召被差派出去的門徒。〈散步去黑橋〉中有如使徒般的邁叟，因這場相偕散步，及邁叟的堅持前往，讓初始並沒有興趣，在路途中遭遇困難時也不認為一定要找到，或者懷疑找到黑橋有什麼價值的主角，即使在故事結尾找到黑橋時還是維持他酷酷的模樣，甚至不以為然地說：

「但那是一座灰白的水泥橋呀。」卻終究在童年的「邁叟」熱淚奔流痛泣而傷感地說：「是真的黑橋——」的慟泣中，發出了這樣的悟道之言：「看到這景象我不再和邁叟爭辯是灰橋還是黑橋，是木橋是水泥橋；真理在時間中存在，所以我讓邁叟盡情地去號哭慟泣罷。」

由〈散步去黑橋〉結尾這段敘述，對作為主角的敘述者而言，「邁叟」正是向其宣揚真理的使徒。在基督教中，當耶穌揀選了十二門徒並將他們差派出去後，這十二門徒從此稱為十二使徒，他們也是最早的使徒。然後使徒們奉主差遣，得著權柄，並且有能力傳揚福音，有恩賜教導真理，並因此建立教會。而在七等生的文學世界中，除了鍾肇政曾以「文學使徒七等生」稱呼他，「使徒」確實也占有相當的重要性[1]。

他曾以〈使徒〉為題，並將〈散步去黑橋〉中「邁叟有如使徒這樣告訴我……」一段置於該小說開首，此篇小說除這段嵌首的前言單元外，共有三個段落。

第一段，「他」到校園拜會朋友 A，因正上課中需等待，他因此在校園的隨興觀望中誤了時間也找錯了人，還好最後有找到；第二段「他」到 B 處，期待 B 能付出他所想像的許諾，但 B 雖然和 B 的女人力邀他留下，甚至又邀約另位 C 一起用餐，

1　附帶一提，七等生次子「劉保羅」生於 1973 年，保羅即為基督教使徒之一。這個取名絕對不僅僅是巧合。

這使他必須失約於已約定在先的 D，但最終他卻只能毫無希望地聽著 B 與 C 們談論與他毫不相關的商場道德；第三段他坐火車又換汽車終於在一村子下車，走入加鎖偽裝的教堂裡面，在這布置得優美恬淡的屋子，等待他的 E 以西瓜和啤酒和他共度降臨的黃昏與黑夜。

另外，在黑橋上看星星的段落也曾出現在〈隱遁者〉中，已沉靜地定居在河這岸瀑布旁谷地的隱遁者魯道夫，當他在一次非常心平氣和地在樹林與曠地接緣處休息，鋪著毯子躺下來時，這段記憶再度出現。

如果光從寫於 1971 年的〈使徒〉一作，只能說他將一些即時的印象捕捉下來，並等待著「意義」的彰顯；而 1977 年左右書寫的〈隱遁者〉中，這段童年的記憶的再現，也只是作為他在樹林與曠地接緣處，安居於他所喜愛的一種和諧無爭隱遁者生活的映證。但當它們與〈散步去黑橋〉一同聯結，我們似乎可以得知，七等生透過書寫，事實上不僅是一次又一次將那種「啟悟的瞬間」擺置在許多貌似無機的生活片段中，並由此去等待其彰顯；而且是透過一次又一次的重新回返，去再度確定「真理」存在的可能，因此才會有〈散步去黑橋〉中「邁叟」此一使徒形象的出現。

如果說「邁叟」便是「使徒」，而「邁叟」是寓居在表面

世故的敘述者「我」心中卻又獨立存在的童年靈魂，那麼這已意味著「真理」自在「我」的心中，「我」也是「使徒」。

■二 使徒的人間性：耶穌與藝術家一樣都是使徒

經由以上討論，如果七等生作品中的「使徒」具有至高無上的「真理的使徒」的意涵（這自然包含著文學使徒的部分），考察其自稱懷著感恩的心書寫的〈耶穌的藝術〉，或可進一步得到七等生反覆使用此一宗教概念「使徒」的微妙之處。〈耶穌的藝術〉為七等生寫作以來最為特殊的文學實驗，將《新約聖經》中的福音書──尤其是〈馬太福音〉，以小說家的筆法，分二十七章逐章敘述耶穌的救世主生涯，並發抒個人的讀解心得。

〈馬太福音〉為《新約聖經》四福音書之一，主要敘述耶穌誕生，至被釘十字架，死後復活的故事。七等生寫作〈耶穌的藝術〉特殊之處在，他既說明自己並非基督徒，寫作此書非出於為信作宣，只是希望從中揭示自己的無知，找尋一個虔誠有益學習的立場；但在依循〈馬太福音〉形式一節一節逐節表述之餘，七等生也將福音書各節雖單獨存在，卻絕對不失連貫的形式，扣合為他個人貌似碎片的自傳式抒情哲思風格。因此

七等生寫作以來最為特殊的文學實驗《耶穌
的藝術》。

書中不但逐節融入引述的中英經文，並在各節結束時以對話式的口吻與讀者道說「晚安」，讓全書形成一隨時間平穩流動，虔敬莊重的時間感。同時，在隨福音書的經脈網絡筆記詮解之餘，又織入個人對世務的見解，甚至對耶穌行跡與《聖經》紀錄的質疑、協商與衍義，卻終歸又在相當意義下服膺《聖經》教義。書末他強調，「耶穌是復活的嗎？沒有這回事；但如果我是撰寫這部福音的人，依然要安排他的復活。」說明了他充滿冥想沉思、又出為現代思想的詮釋立場。

筆者以為這本重要的宗教性札記，有兩個地方是和本文所欲探討的「橋者」、「使徒」問題相關而值得注意的。其一是本書開頭便說明他為何開始寫這篇〈耶穌的藝術〉，那是因為他得到同鄉老婦人告知童年被迫送人領養的胞弟訊息，他興奮感激如獲神恩，卻無法在焦望趕赴胞弟屋居時順利見到胞弟，便在焦躁住臥飯店等待之餘，因閱讀這本《聖經》而平靜下來；隔日本欲購買該《聖經》而問詢於飯店，飯店主管竟笑容表示可以相贈。這一連串的起伏加上得書後閱讀的喜悅，使他因而決定撰寫這篇〈耶穌的藝術〉。在以上關於為何起筆的說明中便出現了連綿的「橋者」形象：其一是和七等生同鄉前來告知其胞弟訊息的老婦人、其二是飯店裡施與他安慰的《聖經》、其三是該飯店決定贈書的主管；其次，耶穌的出生由來，被分

為兩種說法，「神的獨生子」、「人的私生子」，耶穌也一直宣稱自己是神的兒子，並且因此在人間受著許多的試煉。這篇〈耶穌的藝術〉也緊扣此一概念不斷辯證「神的獨生子」與「人的私生子」其所歸屬的「天國」與「人間」的似對立卻相扣連的關係：

耶穌說，人若因我辱罵你們，逼迫你們，捏造各種壞話毀謗你們，你們就有福了。這種價值觀是與世俗的人所追求的現實價值大相逕庭的；因為心屬退讓和稚弱無法在生活中獲得具體的報償，只能在心裡暗暗懷著未來的希望；而在人世的觀念裡，根本沒有天國這個奇怪的場所；人世的觀念裡，地下亦沒有所謂可怖的地獄。要人了解天國與地獄是十分困難的，因為要溝通這個觀念，沒有具體實物可尋，只有依賴某種境遇產生神祕的接觸，不是人人都能體嘗而加以普遍肯定的存在；尤其不能經靠知識去求得，而知識裡可能根本反對如此的說法，只有經歷生活中的特殊遭逢，敏銳的心眼在困苦和絕望中產生它的廓貌。

在這段文字中他認為耶穌所說的價值觀是和世俗生活大相逕庭也極難理解的，因此要溝通這個觀念只能靠「某種境遇產生神祕的接觸」，尤其某些特殊的遭逢，才能有「敏銳的心眼

在困苦和絕望中產生它的廓貌」。如此他發出對人世間拜神者心中卻無神的質疑[2]，並且因此認為「人是沒有資格去評斷另一個人的，定罪和獎賞之權不在人，而在天國裡的父神。」

如果從書寫這篇〈耶穌的藝術〉的創作態度和上面的討論來看，我們或許應該說七等生的宗教關懷並不如林慶文〈當代臺灣小說的宗教性關懷〉中所說，七等生對宗教的態度傾向只是「批判」而較無「敬虔」的部分。相反的，他的批判正為了維護至高無上的、超越的「天國裡的父神」。

因此，即使耶穌，作為神之子，他一樣是至高無上的、超越的「天國裡的父神」的「使徒」。在第二十四章「先知」裡他甚至直接提出一種大膽假設，耶穌其實就是你我。我們每個人都擁有耶穌的潛能，只是沒有機會發揮這些潛能。正如藝術家的靈感，乃受到某種表象的刺激而懷孕，創造出藝術品；而耶穌與我們的差別在於透視時空的能力。顯然七等生將自身與耶穌作了一定程度的聯結，並從中找到共鳴之處。同時由於神的「人間性」，「就連耶穌也有迷失和把持不定的時候。」這也是他為何既可能是「神的獨生子」，又同時作為「人的私生子」的原因。甚至我們可以說，因為強調七等生注意到耶穌的

---

2 如「我時常觀察某些鄰居和鄉人，他們平時的所作所為都非常不利於他人，常心生貪念與他人爭吵，搶奪土地和誣告別人，可是他們卻常常遵循古禮法，殺雞鴨煮豬肉，在農曆初一、十五到廟堂或土地祠去拜拜，我真不懂某些奸邪和陰惡的人，他們拜神的用處何在？」參七等生，《七等生作品集——銀波翅膀》，頁27。

「人間性」這一個點，亦即耶穌同樣作為至高的神在人間的「使徒」，其作品中系列的「天使」的宗教性面向才比較容易得到理解。

三　天使的宗教性：在人間的承受作為試煉

〈天使〉描寫一個第三人稱的「他」幫在軍中服役的朋友「席米」到處奔走，費盡千辛萬苦完成辦理研究所註冊繳費的故事。他在往來勞頓的奔走之中，發現原來席米把他的註冊工作不但交託給敘述者「他」，也另外交代給了湯君和老唐。而老唐聰明練達，是更適宜幫忙的人，實際上也更受到席米的看重。「他」之所以明白老唐更受到席米的看重，主要因為在奔走之間，「他」讀到席米先前寄給老唐的信，「他衣袋裡的那封信件，比起席米給老唐的這一封傾盡心跡的長文，顯得十分的不重要。他動身前那股熱血沸騰的使命的心情遂開始降落，他對於席米，顯然是次等朋友的身份。他開始對於他那無知的熱情感到羞臊。老唐比起在他們諸友中聰明而練達，比起他，他的確更適宜去辦席米的這件艱鉅的付託。」

期間，以「小說家自居」的老唐，曾對「他」談及一篇有關理想主義的散文，「他感到奇怪，為何在現今的A城還談這

些舊文學的內容。但老唐頗具才華，使他羨慕。可是他的心裡緬懷著另一些不平，至此，去為席米辦理入學的熱情已降至最低潮」。

情節到「他」、湯君、老唐及席米的女友等人大夥共聚湯君的寓所為席米匯聚註冊費，有以下這段描寫：

他們開始從衣袋裡掏出錢來，丟在桌子上，他默默地坐在椅子上，在Ａ城他已經失業很久。屋子裡一時充滿了慷慨俠義和羞赧畏慚的對比。他看出席米的女友的眼睛極力不去注視桌面上的鈔票。老唐把錢收攏在一起，然後交給他；去執行計畫的終於還是他。

此段引文除了指出「他」的失業無錢，不可能當個慷慨俠義的掏錢派，難免令人羞赧畏慚之外，字裡行間也透露了這樣的不滿：「所謂犧牲自我，在人間不外就是為別人做些瑣事。」但是當老唐把錢收攏在一起後，「去執行計畫的終於還是他。」

整個故事是從「他」先到席米家，擔任「說服者」的角色，以致引起席米父母對席米繼續深造不同態度的爭執。之後發現席米的證件已交給了湯君，「他」再到Ａ城的小學校園去找尋湯君，然後在湯君家和席米諸友湊足了學費後，再到達學府去辦理註冊，孰料到達學府才發現，必須先到指定的銀行去繳費，

再回到學府完成整個漫長的註冊手續。

　　於是，這篇作品主要的情節是以「他」的四處奔走去推展情節的，在整個註冊完成時，「已經是那天的下午」。整個敘述在另一場作為互喻的訪友情節單元和插入的描寫或獨白中延宕，一直到趕赴銀行繳完費又再到學府完成註冊後才告終，最後是一篇寫給老唐的反駁信。

　　對照〈天使〉中另一段具有互喻性質的訪友情節單元可以更清楚明白想呈現的主題，及題目取名〈天使〉的因由。這一段情節單元是，「他」在尚未完成席米學籍辦理的空檔，到昔日女友家去拜訪，本來希望前去探望與丈夫失和的「她」，期待「她」仍保有昔日和「他」共處的純真和熱情，那個如童話般的過去被這樣描寫：

　　他和她單獨坐在客廳至深夜，她的父母已經進入臥室睡眠。他們把座位移到窗邊，窗外樹影魅魑顫動，她酷愛殘酷的故事，必須要他講給她聽，他當時對她說了一則最為殘酷的故事，說完她把一顆金心糖放在他的手心作為報酬。他聽說她的父母已經不住在那個寓所了，這是他遇到的最為慈懷的一對老年夫妻，但願一切仍是未改變的模樣。

但進到屋內的「他」後來才知道原來「她」已安排好一場牌戲，當其他牌友陸續到場，如果第四個牌友準時出現，「他」就將被淘汰出局。這段情節單元最後如此作結：

　　他對著她直視，以探尋一點真實，他甚至祈望可以借給她給他的任何鼓舞的暗示來振奮鬥志；有她的支持，他能由弱轉強，甚至以死奮鬥到底。但是她在燈光下卻閃耀著冷冷的眼光，她的臉形和那裂開的嘴宛如一個蛇精的模樣。鈴聲於是決定了他的命運。當這個最後到達的人進來時，正是他對他們告別的時候，她送他出門（其實她必須去把門栓上），她的眼光完全是陌生，她的笑也說明了無比的排斥。

　　「他」期待於「一則童話的實現」，然而，「她」已經變了，「她」的笑容有時是天使一般的雅麗，無邪而迷人，有時眼光又變得奸滑的明亮。現在的「她」形象是變幻而魔惑。終究在那一場天天進行的「四人牌戲」裡，早已規約著遊戲所需僅「四個人」的限制，也不是「他」所期望的參與。「他」只有一種選擇：牌戲，否則離開，即使「他」樂意牌戲，也未必可得，因為「他」完全是個協議外的「外人」，根本不在戲局之中。
　　「天使」在本文可以指涉為朋友席米奔走註冊的「他」，

或過去時光中笑容像天使般的雅麗的前女友。不論何所指，天使是動人的；然而，如果是前女友，本文也意指天使經過時光的流動可能成為一種奸滑的魔惑，其美麗外表只是包裝。

此一現實的魔惑變幻狀態，我們自可以從人間性的角度，見到文中對之施加的批判，然而如果我們可以將這位經過時光的流動成為奸滑魔惑代表的女性指為「天使」，必須注意的應是天使的宗教層面，亦即這些變化也意味著她在人間受苦，所需面對的試煉。

另作〈我的小天使〉便是闡釋此一面向的重要作品。這是一篇結構極單純的小說，敘述者本來有事要到蘭嶼，卻因沒搭上當天的班機必須留宿高雄，在一連串的波折之下原本只能煩悶地睡去，隨意打發無聊的一晚，卻遇飯店積極介紹女陪客，初始不感興趣的敘述者在發現該女子美麗的身形後受其吸引且感到快樂，卻莫名地在愉快地相對不久後女子變了臉色只能自行睡去，不料隔日見該女子連陪宿費也未取，追問飯店並找到其家才知她原來是自己年輕時教過的女學生，這女子因父親去世不得不從妓養家，羞慚懷念之餘，他沉痛地說希望她仍是個天真的小女孩。

值得辨清的是，這「小天使」的意涵究竟是不是帶給他短暫的歡愉這件事？筆者以為，其意涵確實有這個層面，故事中

的主角本意並不想召妓，對飯店的不斷鼓吹絲毫無動於衷，只感到一整天的波折不順遂，是因緣見識女子的美麗身形才被吸引，沒想到當他希望能永遠維持這種美好時，卻如此照見了他的身分倫理的「淪落」場面。因此這裡的「天使」，不僅指的是女子的「天使沉落人間」這樣簡單的概念；而且是〈我的小天使〉題為「我的」所同時說明的她也是為他帶來他的淪落訊息的帶訊者。

然而，這裡的「淪落」，又必須從他與她既分別屬於這種在人間普世價值裡屬於亂倫的施作者一方與承受者另一方的「差異性」，卻同時又共同具有宗教涵義下「在人間承受不幸」此一無法逃脫命運的「同質性」的兩重意義來面對，亦即此一命題實同時具有宗教性與人間性的雙重意涵。這些人間承受的遭遇，正是宗教的試煉。雖然這充滿倫理張力的情節使七等生必須以加了引號的「他說」來開頭，以隔開可能延燒上身的嚴厲悖德指責；然而也正因此，我們可以注意到他過度的道德敏感症與無法逃脫的弱質又強烈的宗教關懷色彩。

以〈我的小天使〉為代表，他的創作透過以兩性關係為核心的許多倫理互動，實都充滿宗教性與人間性的雙重意涵。這些充滿衝突不能諧和的兩性互動段落，也不斷出現在七等生其它作品中，如〈林洛甫〉、〈阿水的黃金稻穗〉、〈AB 夫婦〉

等；甚至有一組〈山像隻怪獸〉、〈夜湖〉、〈寓言〉、〈歸途〉等為七等生稱為四部曲的作品，更全部以兩女一男的旅途，極小部分的和諧狀態，極大部分的爭端無歡場面，將這種三角關係狀態作為真實人間倫理樣態永遠難解的轉喻。

我們可以發現七等生文學中那些晴子與妓女、我與童年的靈魂邁叟、河或沙河、城市與小鎮…… 他們之令人難忘與引人深思的原因也不言可喻，他們或它們的形貌總是同一又差異，差異又同一，現實形貌背後總混融了象徵的可能，具有宗教與人間的兩面性，因此難以從單一面向或單一解讀固定下來。尤其，由宗教性的層面來看人間，個體經由本能意志決定後的作為必有神的旨意，人間的情愛關係自然也不例外。對照他在〈重回沙河〉中一段文字：

神與人同在不限定在我們敬拜或讚美祂的時候，我深深的明白，一旦我相信祂的崇高存在，祂就不會任由我們的意識把祂擺開；每當我去與女友約會時，我總感覺祂與我同在。使我的本能意志獲得心安理得的鎮定，要不然，我就會十分恐懼我是這個倫理與秩序的社會的一名罪犯。

這個以七等生直接現身說法的散文札記，清楚將自己為已

婚身分，卻與女友約會的行為與神聯結，並自認若非感覺「祂與我同在」，當「我」去與女友約會時，便會「十分恐懼我是這個倫理與秩序的社會的一名罪犯」。這個觀點或關懷其實早在他著名的〈我愛黑眼珠〉中已經有過提問：

　　人的存在便是在現在中自己與環境的關係，在這樣的境況中，我能首先辨識自己，選擇自己和愛我自己嗎？這時與神同在嗎？

　　人在境況中的選擇究竟與神同在嗎？這個問題若在〈我愛黑眼珠〉中僅為一質疑，顯然，則在〈重回沙河〉時期他已有答案。〈我愛黑眼珠〉中，從李龍第變化成的亞茲別應該是希望在對岸的晴子和他是可以達到「無言而喻的神交境界」。如果是，晴子將成為接通他的情愛天國的「天使」與「橋者」。可惜這樣的愛情烏托邦在現實中往往不存在，晴子因嫉妒的瘋狂被水沖走，亞茲別也只能在事後回家休息，期望休息幾天後再尋回他的晴子。不幸的是，如果按照〈我愛黑眼珠續記〉的敘寫，即使二十年後他重遇晴子，他們巨大的分殊早已無法使彼此再接合。

四 友誼如何（不）可能？

從上面的說明，我們可以說〈使徒〉、〈天使〉、〈我的小天使〉等文既呈現出一定的人間性，也透顯人物在人間承受命運試煉的宗教意涵，這宗教／人間性的雙重使他小說中人物在友誼的表現上也經常顯得變幻而詭譎。而它們的詭譎面貌又經常與愛慾／愛情的牽連有關。那麼七等生藉由小說又如何揭示友誼的（不）可能？而最終，他小說中友誼與天使／橋者的關係為何？或者它們說明了什麼問題呢？

建立在無條件的「好客」上的友誼

以前面提過的〈在霧社〉為例，敘述者「我」在回顧過去與「雷」交往時，有個更清晰的追求對象——他要環島騎腳踏車的目的其實是為寄明信片給一位心愛的女同學。但因此一種與「雷」的神祕的距離，敘述者並未告知朋友「雷」，只和「雷」約定某地見面。而在他執行這「愛的實踐」的過程中，卻發現這只是一種同一性的「自戀」，他並不真的那麼愛她；反而是他與「雷」平日雖不相契，但經過一番周折，他更牽掛與「雷」的約定，因為「雷」在他堅持單獨前往時，接納了他沒動機的

怪異行動，甚至給他一筆資助。

　　本文提出了兩個非常重要的「友誼」問題：一是「愛慾」與「友誼」的關係為何？二是「禮物性的施與」與友誼的關係？對於第一個提問，顯然愛慾／愛情是絕對私密的，即使在友誼中也無法分享；對於第二個提問，敘述者之想念「雷」，很大原因便在，「雷」的施與出於純粹的接納，並無需任何理由。

　　法國哲學學者德希達有一本書《論好客》，討論的是與正義相關的外來（客）人權益問題，他對主客關係的討論與本文七等生小說中的友誼有相關，可以借來參考。德希達問什麼叫「好客」？如果一個做主人的，當他遇到來訪的客人，一定要問出對方的姓名來歷，在對方提出足以讓人放心的回答後才開門，那麼這個主人是否可以稱做好客？他說一般的「好客」存在著兩種層次：絕對的無條件的好客，和有問題的、有條件的好客。但如果有所謂有問題的、有條件的「好客」，這種好客還可以叫「好客」嗎？

　　比如德希達提到有一種有問題、有條件的好客，有主人問來客「你叫什麼？」、「我該如何稱呼你？」等問題，提問或不提問哪一個更有人情味？人們是否僅對主體——有身分的主體、有名字的主體、有權利的主體以好客？或者應是在他人有身分之前，甚至在成為主體之前便承認他人、向他人投以熱情

與招呼才叫好客？（德希達、安娜‧杜弗勒芒特爾著，賈江鴻譯，《論好客》）

　　而另一位法國人社會學學者牟斯在著名的《禮物：舊社會中交換的形式與功能》則提到，舊社會的禮物交換是建立在「全面性的報償體系」中，即透過給予、接受與回報的交換過程，去體現了舊社會的「整體社會現象」。雖然有不少人針對他的看法質疑過去的社會仍是透過微觀的或個體的禮物交換形式，具體地體現出整體的社會道德與義務。但這樣的「全面性的報償體系」是否即無壓制的強迫成分？但他一論述已經對現代資本主義社會以謀取私己功利為主，而非「全面性的報償體系」的現象提出質疑與反思。（牟斯著，汪珍宜、何翠萍譯，《禮物：舊社會中交換的形式與功能》）

　　若聯結德希達《論好客》書中對無條件的「好客」，與牟斯對禮物交換的「全面性的報償體系」的看法，我們倒可以來嘗試理解七等生的〈在霧社〉中一文，「我」與「雷」的友誼關係如果可能，必是建立在此一無條件的「好客」，或者對「全面性的報償體系」的信心之上。然而這種無條件的「好客」在文中不但並非恆久存在，而且總是只在一瞬之間而已。正如〈天使〉中敘述者到前女友家拜訪的遭遇，作為一位不請自來的「不速之客」，即使他渴求主人無條件的「好客」，但主人的好客

是有條件的。〈在霧社〉中此一總是必須見面的「是的，我又驚又喜」，及沒有一樁事到最後兩人不是「不歡而散」的關係，說明友誼的恆常變動。

而在前面討論過的〈我的小天使〉中，我們就看到在發現嫖客是自己的老師後，女孩中斷了與敘述者初見的和諧愛悅關係，轉為厭惡般的拒絕，「好像一個誠摯的少女變幻為世故的婦人」。這一「中斷」即拉開距離的狀態，她的變幻初時並不為敘述者所理解，隨後在她未取分文地離開後，敘述者經過問詢終而得知真相——原來妓女竟是自己的學生。到此，兩人表面的上下師生關係已轉為平行的友誼關係，我們知道是在兩人分離後，在彼此的沉默中，這平行的友誼乃有可能，他們的友誼建立在中斷與分離的基礎上。然而，也因此，若友誼需建立在中斷與分離的基礎上，也正說明了友誼在人間的不可能。

因此，德希達認為無條件（絕對）的好客與有條件的好客存在著矛盾。二者互相對立，互相排斥，但它們之間又存在著千絲萬縷的關聯。「絕對的好客規則如果沒有具體的好客規則的體現，就是空幻的烏托邦，而具體的好客規則則來自於絕對的好客規則的激發和牽引」（賈江鴻，〈好客，不可被解構的正義〉，德希達、安娜·杜弗勒芒特爾著，賈江鴻譯，《論好客》）。他的意思寫來像是繞口令，但具體地說就是，他認

為「這種純粹的好客是要求超越家庭的好客,而拒絕了家庭(即它在其中延續的整個結構,公民社會、國家和民族)。」(杜小真,〈「好客」和現代國家政治之間〉,同上,《論好客》)亦即,在現代資本主義的私有財產社會制度下,以家庭為核心的社會,要做到絕對的好客,基本上是太難太難了,也可以說幾乎是不可能的。

　　由以上討論,我們可以理解為何七等生在國家文藝獎得獎感言中會說,他感謝 Akin,感謝……感謝一切接納他的人,他們才是「橋者」,因為這一切有如神恩。

　　七等生的文學創作中,可以發現他對倫理問題極為關懷,更熱中探討人在遇到自我與他人兩難命題時如何面對此一友誼,即是否能做到好客的問題。整體來說,〈在霧社〉這篇大概可以說是以將愛情與友誼二者並不交錯的平行情節來發展的故事,然而,他小說中眾多充滿尖銳三角關係的篇章則以愛慾(情)的私密性與獨占性對友誼的考驗,去探討友誼的可能與不可能。

友誼與幽靈:以「不在場」驗證「在場」的友誼性

　　以下,本文將探討一篇主題較為隱晦,但最早出現「亞茲

別」此一重要人物意象的小說〈隱遁的小角色〉為例，試圖說明其小說中「友誼」在人間的詭譎性質，即總需以「不在場」去驗證的「在場性」。同時也希望由此進一步探討〈在霧社〉中的友誼性，以說明友誼與幽靈的關係。

本文以四段式結構將亞茲別、拉格、心兒三人的互動與情感關係的變化作敘述，像是一則關於情感爭奪戰，但又像一個探索友誼為何物的試煉場。

首先必須說明，本文將採用敘述學來分析，主要原因在七等生這類作品擅長以接近蒙太奇與意識流的手法，將對話、人物描繪、人物間的親疏排比、和現實與心理距離的巨大反差交織呈現，以暗喻人物與環境關係的異質性。用敘述學學者瑞蒙・肯恩（Rimmon-kenan）對人物形塑的看法，此正屬於「非直接表現手法」（Shlomith Rimmon-kenan, *Narrative Fiction: Contemporary Poetics*, New York:Methuen, 1983, pp59）。而傑哈・簡奈特（Gerard Genette）分析故事時間（story-time）與議論時間（discourse-time）時，將時間關係，分成三類：次序（order）、持續時間（duration）與頻率（frequence）。其中次序（order）是指：「重新安排故事中的事件，如它所願，被用來提供故事的次序（story-sequence）依舊清楚可辨。」此類似電影中常出現的攝影技巧：蒙太奇或剪接。他又將次序（order）分

為三種：正常次序（normal sequence）、非連續時間的次序（anachronous sequence）與不規則關係（achrony:allows no chronic-logical relation between story and discourse）。不規則關係（achrony）指一個隨意的，或根據其它可稱為空間近似（spatial proximity）、不著邊際邏輯（discursive logic）或與主題相關（thematics）等組織規則架構起來的關係（傑哈·簡奈特，《辭格III》），以上這些敘述學概念極適合用來分析七等生這些較為非連續、不規則關係的文本。

在〈隱遁的小角色〉的四段情節結構中，第一段是亞茲別寫給拉格的信，說明他隱遁的動機，為後述情節中他的消失留下伏筆。第二段主要描寫亞茲別與拉格如何討論飯後出遊的去處，以及亞茲別決定背著拉格獨自前往與心兒相會的過程。第三段中拉格單獨前往與心兒相見，兩人以亞茲別為話題，進而交往。第四段相當簡短，作者以全知觀點描述一個安詳的女人坐在別墅中，聽著曲子，並以敘述者自述的口吻，提示亞茲別在拉格回來之前已不存在。

表面上，〈隱遁的小角色〉描述的是兩男一女的互動，情節中沒有纏綿的感情關係也沒有較明顯的事件在進行，小說中甚至也完全沒有描述亞茲別的外貌，然而亞茲別的一舉一動與所思所想，牽動著拉格與心兒的言行舉止，藉由上述技巧，亞

茲別有別於小說其他人物的印象，更因此躍然紙上。用瑞蒙·肯恩（Rimmon-kenan）對人物形塑的看法，這正是「非直接表現手法」藉此營造一個隱遁的小角色的某一面向：對愛情渴望又恐懼。

第二段中亞茲別與朋友拉格，晚餐後討論要從事何種消遣。原本約定去看紅毛碑的月色的念頭，亞茲別卻因「緣於那晚餐太令人失望了」而打消。拉格提議改到「她的店」去喝咖啡，因為他料想亞茲別應是想見她。亞茲別表示那女孩不是他想的那麼重要，和「她的距離太遙遠了」，但她對亞茲別並非不具意義，燈下她的「蒼白」——雪花膏的白與玫瑰的香氣，彷彿有一絲吸引他的注意。

而從簡單的對話中，七等生刻畫拉格與亞茲別的關係：兩人應該相當熟識，拉格三言兩語便能猜想亞茲別的想法；但從兩人牛頭不對馬嘴的對話中可知，亞茲別似乎有拉格不解的一面。而對於她的形貌，一人覺得太瘦弱，一人覺得太美麗，瘦弱與美麗兩種形容不見得相互衝突，卻表明兩人的觀點（point of view）不盡相同，七等生藉此表現了拉格與亞茲別的差異。另外，人物的描寫也成功地刻畫亞茲別、拉格、她，三者間的「距離」：她在「燈下」沒有五官只有蒼白，而拉格呢？七等生以全知觀點描繪拉格的特徵：「寬蔓的額頭閃著一片一片不

一的光亮」，「繼承父親那種要成為一個事業家的頭顱，黝黑的臉孔上面，頭頂尖已有脫髮的現象」，並「異常活潑、快活和爽朗」。

對亞茲別來說，他額頭上「亮星的閃光」似乎也暗喻兩人的心理距離有如只能窺見的閃光般遙遠，雖然現實中亞茲別是拉格一起同住的客人，過去還是一起讀書的同窗。而小說中的她，在第一段亞茲別與拉格的對話中沒有具體形象，顯示兩人對她都不太熟識，與她有一段距離。

在第一段並未明白描述亞茲別，僅透過一封信中他的感覺與思維讓我們了解他的異質。隨後在第二段我們看到：他看到窗外「那棵脫葉的乾樹被一片漆黑所圍繞」，他對這漆黑反感，他想月亮必是藏匿在窗框以外的某處，亞茲別並沒有放棄找尋月亮的念頭，他用那失望的晚餐為由，促使拉格打消賞月的主意，但他決意去找「月亮」：這月亮或許是「她」，一個有深厚的雪花膏白與玫瑰香氣的女孩。一個人獨自前往的決定，讓他乞求拉格原諒，身為朋友的拉格感到詫異，試圖在「那激動、憂戚的蒼白臉尋找答案」，他誤以為是音樂使亞茲別不快，但亞茲別再次用「表面的理由」回答他是天氣的緣故或是「不知道那緣由是為了什麼」。

拉格明白亞茲別想外出的念頭後，騎著摩托車在市街打

轉，但亞茲別很快地感到厭倦：那「沉厚遲鈍的冬季市街」；看起來像遊樂園的「豪華閃耀的街道」，以及那「深暗的市街」的「三兩一群的女人」，都使他感到憂鬱，他感到他不屬於這樣的情境，「天空似乎在另一個室間展著美好的晴朗也許屬於金星或其他幸福的星球」，頂頭上竟是「像煙囪的罩帽」。在亞茲別自覺「異」於他人為環境所不容時，拉格與斯庫打（摩托車）只自顧不理世態地前進著。七等生運用瑞蒙・肯恩（Rimmon-kenan）所謂的園景／社會情境與人物特徵的相類性／對比性[3]，以亞茲別的主觀感覺為中心隱喻亞茲別的異質與外在環境、旁人的關係，刻畫簡潔俐落卻著力甚深。

第三段是拉格與心兒相見的情節，兩人的對話顯然「正常」多了，亞茲別在第二節是一個不在場者，他是拉格與心兒（她）交談的話題，甚至是拉格接近心兒的媒介：心兒對亞茲別產生情愫，但亞茲別卻憑空消失，她對亞茲別的了解遠不如拉格，拉格對亞茲別的描述，成為拉格追求心兒的手段。當心兒由拉格手中拿到亞茲別的信，而信的日期的錯誤使心兒察覺拉格的意圖但她沒有回絕，反而覺得「最最不能去接觸那種孤獨憂鬱像亞茲別的男人」，並但願拉格不要再談起亞茲別。心兒不了解亞茲別為何憂傷，而拉格雖稱「亞茲別是一個憂傷可憐的小

3　Shlomith Rimmon-kenan, *Narrative Fiction:Contemporary poetics*, New York:Methuen, 1983, pp69-70.

角色」，並認為那是亞茲別「不可能改變的命運」，他顯然也不解亞茲別。這兩人均不解的隱遁的小角色在兩人產生情感後，從此也失去了意義。但七等生藉此再次強化亞茲別的異質。本文運用兩人對亞茲別的外圍敘述（external narrative），形成一有效的陪襯（effective foil），與第一部分以亞茲別感覺為表現核心的方法，形成一內一外的相對。

而第四段只有短短的幾句話，對這篇小說卻有畫龍點睛的效用。「到了仲夏的夜晚，那別墅的樓上常坐著一個安詳的女人，她靜靜地在聆聽那首散佈銀瀉般月色的曲子。」交代拉格與心兒感情的結果，而聆聽散佈銀瀉般月色的曲子，暗喻心兒對亞茲別的懷念。「實際上，那個叫亞茲別的男子在拉格回來之前就已經不存在了。」七等生以文中敘述者的敘述聲音，與信中亞茲別的告白相呼應，留下亞茲別個人去向的想像空間外，也提供分析本篇小說結構之謎的線索。

整篇小說的最後一句話，有兩層意涵值得思考：第一，亞茲別在拉格回來前就不存在，對拉格與心兒有何影響？第二，亞茲別的不存在，其動機何在？原因為何？關於第一個問題，亞茲別此舉給了拉格接近心兒的機會，構成第三段的情節。而心兒從拉格手中拿到亞茲別的信時，已注意到這點，拉格對她有關亞茲別的敘述的意圖，心兒從而明瞭。她的哭泣是因為亞

茲別奪去她的心卻選擇離開。

而第二個問題則呼應第一段堪稱亞茲別隱遁前的告白。亞茲別突然與心兒斷了音訊，也屬於亞茲別不存在的一部分。本來上述的分析應不難理解，但順著情節的脈絡讀下來，我們仍需思考半晌才能稍微抓到小說中的人物、事件與前後發展關係。其實，如果先略過第一段，在讀完第二、三段，再回頭讀第一段，便可以大致明瞭。七等生運用巧思，把原來故事時間（story-time）的四段一二三四，重組拼貼成為二三一四的情節時間。而一是三的一部分，第一部分與第三部分中的詩同屬亞茲別的信。用傑哈・簡奈特（Gerard Genette）分析故事時間與議論時間，及時間關係中的次序、持續時間與頻率，正常次序、非連續時間的次序、不規則關係等的說法，剛好可以深入探究此篇題旨隱晦的特殊文本。何以在第一段亞茲別已經明白地自述著不存在的緣由，卻很容易讓人忽略掉？可能正因其被獨立在一開始，而其中信件出現的時間像個謎團的緣故。

本篇小說的結構，既然是不規則的，唯一能串聯整個結構並勉強使人了解整個結構的便是七等生在第四段的最後一句話，這句話扣住了第三段，並呼應第一段。在推想亞茲別寫給拉格的信與寫給心兒的時間是同時的情況下，使得這四段跳躍式的情節，得到釐清。除了結構的不規則關係，我們無法理解

亞茲別為何消失的原因。

　　七等生將信擺在第一部分當作議論時間（discourse-time）與第二部分故事時間（story-time）的之前，讓人誤將議論時間當成故事時間起點，讀者很容易便試圖從後述情節找尋亞茲別寫出這封信的動機。再加上信中坦白的告白，遠比後四段的充滿寓意的情節更能為讀者明白，當讀者沉迷深思「亞茲別何以如此告白」，潛意識地會想從後述的情節找尋蛛絲馬跡時，七等生顛覆讀者的預期，安排亞茲別只表現在信中所展露的思想的一小部分：「渴望愛慾，卻又因害怕而遠離它。」而其行為，卻又相當的隱晦。

　　在第二段的情節中，亞茲別縝密思考後主導著全局。與拉格的對談中，兩人的矛盾關係更形矚目，相對的亞茲別「渴望愛慾」的表現則顯得含蓄。從亞茲別與拉格的互動中，可以明白他為了追求愛情出賣了朋友，凸顯出對愛情的渴望，但與心兒的互動以及突然斷了訊息的行為，看不出是「因害怕而遠離它」。另外，如前所述本篇小說的第一段是亞茲別寫給拉格的信，這封信和寫給心兒的信應該是同時寄出給拉格，但拉格沒有及時轉寄給心兒。

　　七等生將亞茲別寫給拉格的信，擺在第一段成為本篇小說的故事起點，寫給心兒的信則巧妙地鑲入第三段中，此舉混淆

了讀者，是讀者摸不清亞茲別舉動的主要因素。筆者建議先看寫給心兒的信再接著讀二、三、四段，較能掌握〈隱遁的小角色〉的情節，第一封信則在讀〈來到小鎮的亞茲別〉前看，也較能幫助分析。如此，我們知道亞茲別接近心兒又消失的舉動，似乎不能用「因害怕而遠離它」加以概括。應該說他離開心兒的舉動，包含在亞茲別的消失行動中，且可能還有高過「因害怕而遠離它」的理由（以上討論曾得益於學生林世翔，謹在此致上謝意）。

以上大篇幅對〈隱遁的小角色〉的敘事分析，試圖說明，七等生的小說確實主題隱晦不易解讀，但並非全不可解，而且就本文來看，七等生在藝術經營上若非煞費苦心也是匠心獨運。而亞茲別的消失主要不一定是「因害怕而遠離它」，或許如文中拉格告訴心兒的亞茲別的父親過世家裡也破產，或許不是。然而這現實時空中的理由並非重點，小說結尾所謂「實際上，那個叫亞茲別的男子在拉格回來之前就已經不存在了」說明了亞茲別在心兒心中的位置已為拉格所取代。而拉格所以能得到心兒，乃因為他以亞茲別「好友」的身分，在描述亞茲別的憂鬱時，逐步取代及占有了心兒的心靈。

在《友愛的政治學》書中，德希達曾以亞里斯多德的矛盾語如此呼告：「啊！吾友，世間並無朋友」（O my friends,

右頁圖：〈隱遁的小角色〉，《現代文學》，19 期，1964.01，頁 84-97。

七等生·

自序

敬愛的朋友，我要請你寬恕我，每一次對我的行爲言語所遭致你的慈悲仁愛的關懷受到打擊。我深信你眞心愛我，才在背後比別人更加百倍地誹謗我，雖然我不相信我即使單獨活在這世界就能獲得安寧。我並不十分理會我皮肉的焦爛，而且任它隨意腐臭，我的靈魂早已安頓在一處秘密的住處；我允許我的靈魂這樣做從第一次懂得憂傷起就強迫命令他要漸漸地去習慣，當時間性的肉體再不能挽回時，可以獲得安然的獨立。

我把我的空幻思想化成實際行爲寫成一則不完整的故事。我將我的行爲精縮成最起碼的活動（唯一的活動），完全把瑣碎的生活丟棄。我自認爲一個隱遁的小角色，一個似乎全不理會友愛的孤獨者，猶如一個死去的人。事實上少部分極特殊的人才具有仁慈的心懷，他們是我幻想的一部分事實。更確切地，我實在無話可說了，因爲我不能去估計這個世界。

朋友，現在你明白我的個性了，最少它給你一個影子的印象。假如你還要追問我，這是我最後的幾句話：我恐懼死亡又卑視生命；渴望愛慾，却又因害怕是而遠離它的男人。

there is no friend）作為主音。同時像三段論一樣地接著說：「敵人！世間並無敵人」（Foes, there is no foes！）及「啊！吾解構民主政治之友……」（O my democratic friends......）。他的「啊！吾友，世間並無朋友」旨在揭示兄弟之愛與友誼的關聯，及亞里斯多德式的典範友誼對政治實踐的影響。德希達的解釋是，友誼並非僅是我們傳統觀念中人與人之間的一種美德，而是按亞里斯多德說法可分為：

一、美德式友誼（較高等的，以美德論交的友誼）。

二、實用式友誼。

三、愉悅式友誼（是較低等的，年輕單純的友誼）。

而他點出了西方政治學傳統所謂的「兄弟之誼」（因為有共同的仇恨目標所以成為兄弟、同志）的說法，事實上往往只是「實用性友誼」的「禮物」式交換關係；另方面，他又繼承尼采《查拉圖斯特拉如是說》中所論「我告誡你去愛你的鄰居嗎？相反地，我勸告你逃離你的鄰居」，以「鄰居」來形容亞里斯多德式的朋友。亦即，尼采也反駁西方亞里斯多德以降政治傳統下的所謂「兄弟之誼」。在這些充滿了分享與分裂的語言纏繞之中，德希達主要目的在顛覆「敵人」與「朋友」的截然對立關係，並且強調民主政治的友誼不可能屬於現在的世界，而只能是──因此「所有友誼的現象及所有被喜愛的事物

均屬於幽靈性的（All phenomena of friendship, all things and all beings to be loved, belong to spectrality）」[4]。

從這個角度來看待〈隱遁的小角色〉中拉格對心兒與亞茲別情感的取代關係，其自屬實用式友誼，然而別忘了德希達正是要提醒，「敵人！世間並無敵人」。這一無法以簡單的敵／友截然對立的關係來說明的友誼，說明他們二者間既差異又相似的魅影或幽靈關係。若亞茲別沒有離開，拉格與亞茲別會是怎樣的對待關係？也許仍可能如〈在霧社〉般的好客式接納，但亞茲別消失了，在消失中他們的互動被切斷，而拉格依賴亞茲別得到愛情，因此拉格和心兒的愛情建立在亞茲別的消失上，若亞茲別再度現身，則這愛情關係可能立刻產生變化，因此，亞茲別成為拉格永遠的幽靈，非朋友的朋友，非敵人的敵人。

4　德希達著，夏可君編、胡繼華譯，《《友愛的政治學》及其他（上）》，（吉林：吉林人民出版社，2011 年 1 月），頁 100。德希達與西方政治學傳統的對話主要從他嘗試對德國政治思想家施密特（Carl Schmitt, 1888-1985）提出的「政治的概念」進行之顛覆有關。施密特認為西方政治學傳統中所以成為一個概念與範疇，乃建立在「敵友」的分殊上的說法，此與美學建立在美醜，道德建立在善惡，經濟學建立在贏利的關懷類似。同時德希達針對施密特所引證的希臘語言區分「公敵」和「私敵」的差異——我可能敵對於我的朋友，在公開場合可能和他敵對，而在私下場合又愛著他——如此恰好出現語義滑動和反轉的第一種可能性：朋友即敵人。因此，敵友既非可以截然分明，政治上的敵友關係自然也不具有施密特認為的純粹性。政治上的敵友關係既不具有純粹性，施密特的政治的領域乃建立在敵友之分上的說法也就站不住腳了。從而，德希達因此解構施密特建立在敵我分明上的所謂的「政治的概念」，和西方數千來以形上話語操控的社會實踐倫理與政治的友誼哲學。認為這些實際上也只是一種具有同構關係的文本霸權論述。參《《友愛的政治學》及其他（上）》，第四章〈幻影朋友之回歸〉起，分散全書之論述。

德希達對友誼的說法主要受到布朗修《友誼》一書中的觀點影響。布朗修在其摯友巴岱儀逝世後寫下一篇令人動容的文章〈友誼〉。文中，布朗修不斷以自省式對「我」與「朋友」緊（親）密關係的質疑，來「哀悼」已逝故友，並對友誼作更深邃的詮釋。他強調友誼並非建構在「我」與「朋友」的熟悉、親密及相互公平性上；相反的，友誼象徵一種陌生的間隔，一種巨大的分裂及一種神祕距離的先驗性存在，而非僅僅是一種交互式及融合式的情感[5]。

　　而德希達在《友愛的政治學》中延續布朗修的說法，也引尼采的話說：

　　只是在分離當中。不是在靈魂彼此靠近的方式之中，而是在它們彼此的空間隔離之中，我們才認識到他們的親近與相關[6]。

　　為何如此？為什麼所謂的「友誼」必須「在分離當中」、「在它們彼此的空間隔離之中」？這像是在問〈在霧社〉一文中的「我」與「雷」，為何同時既是「有太多差異和不融洽的事發生，凡是我與他攜手合作的事，沒有一件不是到最後不歡

5　這也是許多人討論為何德希達在德勒茲死後才第一次討論他們的關係，並且說「此友誼從不能在朋友生前表白出來，是死亡允許我在今日宣稱此知性友誼。」
6　德希達著，夏可君編、胡繼華譯，《《友愛的政治學》及其他（上）》，吉林：吉林人民出版社，2011年1月，頁79。

而散的。」同時又是「當我和他在心中感到極度不快樂時，總會想到對方而想法相見，這是從久遠一直延續下來的事實」？路況以德勒茲和德希達的知性友誼說法告訴我們：因為真正的知音總是像一個此世難尋的「你」，一個恍如隔世相逢的「故人」與「古人」，一個「悵望千秋；蕭條異代」的「幽靈」。真正的「知性友誼」總已經是一種「尚友古人」的哀悼追念，向一個「不在」的「你」，而又「無處不在」的「幽靈」傾訴對話[7]。

所以我們可以說，如果〈在霧社〉一文揭示的是友誼的可能，即一種從朋友的「沉默之內」而不是相反來思考的差異思考方式，以此去理解「之間」、理解「朋友之間」的可能性。因此那是以信仰代替驗證，以也許代替確定，以友愛代替算計的「共同的沉默」[8]。那麼，〈隱遁的小角色〉說明的則是友誼的不可能，一個「啊！吾友，世間並無朋友」的驚嘆，更是「敵人！世間並無敵人」的肯認，因為「一個活著的敵人，也就是朋友……比不可信任虛假朋友之幻象更為可信。在充滿著怨恨的張力之中，可能有更誠懇的友愛，單一的注意與體貼。」一

7　參路況，〈差異的差異：論德勒茲與德希達的「友誼」〉，引自 2014.12.15 http://bit.ly/2kY4pm9。

8　德希達著，夏可君編、胡繼華譯，《《友愛的政治學》及其他（上）》，吉林：吉林人民出版社，2011 年 1 月，頁 79。

種既敵又友，相似又差異的對等，一個負存在。因此其總需以「不在場性」去印證其「在場性」。

　　因此，七等生筆下正是以友誼的「不可能性」、「不在場性」去驗證其「可能性」與「在場性」。在七等生小說中，他說明了人間的「不歡而散」總是比「又驚又喜」更多。或者該說「又驚又喜」往往僅發生於電光石火的一瞬而已。唯有遇到「神恩」式的天使，亦即遇到好客式的無條件接納，方有可能。因此在友誼中，「不歡而散」和「又驚又喜」同時是對人間的友誼的神聖表述，因為「又驚又喜」存在「不歡而散」之中，也因此，一切都指向未來。正如德希達強調的「友誼」只能是「一切都指向未來」的到臨式的可能。只有在這裡友誼是可能的，只有在這裡，友誼是天使，是橋者，是神恩。

余自小喜愛音樂和繪畫，不料學校畢業後踏入社會工作，卻走進文學創作之路，三十年來歲月顛沛流離，只得溫飽。退休後，重拾童年的喜悅，顢頇地握著畫筆，只是為了排遣這年邁的生活罷了。去年主東之畫廊泛識品鑑與收藏家周博之先生，經其介紹而再識欣賞家藝術中心創辦人黃茂雄先生，蒙其厚愛受邀舉辦個展，緣此表達衷心的感激和謝意。

七等生
1992, 12月

七等生手稿。

參考資料

一 專書

作／編／譯者	篇名／書名	出版資訊
七等生	《七等生全集 1：初見曙光》	臺北：遠景，2003 年
七等生	《七等生全集 2：我愛黑眼珠》	臺北：遠景，2003 年
七等生	《七等生全集 3：僵局》	臺北：遠景，2003 年
七等生	《七等生全集 4：離城記》	臺北：遠景，2003 年
七等生	《七等生全集 5：沙河悲歌》	臺北：遠景，2003 年
七等生	《七等生全集 6：城之迷》	臺北：遠景，2003 年
七等生	《七等生全集 7：銀波翅膀》	臺北：遠景，2003 年
七等生	《七等生全集 8：重回沙河》	臺北：遠景，2003 年
七等生	《七等生全集 9：譚郎的書信》	臺北：遠景，2003 年
七等生	《七等生全集 10：一紙相思》	臺北：遠景，2003 年
李奭學	《閱讀理論──拉康、德希達與克麗絲蒂娃導讀》	臺北：書林，1997 年
杜聲鋒	《拉康結構主義精神分析學》	臺北：遠流，1997 年
呂正惠	《小說與社會》	臺北：聯經，1988 年

呂正惠	《戰後臺灣文學經驗》	臺北：新地，1992 年
吳美枝	《台北咖啡館：人文光影紀事》	臺北：臺灣書房，2011 年
張恆豪編	《火獄的自焚》	臺北：遠景，1977 年
張恆豪編	《認識七等生》	苗栗：苗栗縣立文化中心，1993 年
楊　　牧	《傳統的與現代的》	臺北：洪範，1987 年
楊小濱	《否定的美學——法蘭克福學派的文藝理論與文化批評》	臺北：麥田，1995 年
劉紀蕙	《孤兒・女神・負面書寫：文化符號的徵狀式閱讀》	臺北：立緒，2000 年
劉紀蕙	《心的變異：心的精神形式》	臺北：麥田，2004 年
陳芳明	《鏡子與影子》	臺北：志文，1974 年
陳義芝主編	《臺灣文學經典研討會論文集》	臺北：聯經，2000 年
陳麗芬	《現代文學與文化想像：從臺灣到香港》	臺北：書林，2000 年

黃錦樹	《謊言或真理的技藝——當代中文小說論集》	臺北：麥田，2003 年
沙究	《黃昏過客》	臺北：三民，1991 年
德希達著，夏可君編、胡繼華譯	《《友愛的政治學》及其他（上）》	吉林：吉林人民出版社，2011 年
牟斯著，汪珍宜、何翠萍譯	《禮物：舊社會中交換的形式與功能》	臺北：遠流，1989 年
德希達、安娜·杜弗勒芒特爾著，賈江鴻譯	《論好客》	廣西：廣西師範大學，2008 年
傑哈·簡奈特	《辭格 III》	臺北：時報，2003 年
佛洛伊德著，賀岭峰譯	《佛洛伊德文集》第三卷	吉林：長春出版社，1998 年
佛洛伊德著，楊韶剛譯	《佛洛伊德文集》第四卷	吉林：長春出版社，1998 年
詹明信著，張京媛譯	《馬克思主義：後冷戰時代的思索》	臺北：桂冠，2003 年

馬·克雷德伯里、詹·麥克法蘭編，胡家巒等譯	《現代主義》	上海：上海教育出版社，1995 年
傅柯著，劉北成、楊遠嬰譯	《規訓與懲罰：監獄的誕生》	臺北：桂冠，1992 年
培德·布爾格（Peter Burger）著，蔡佩君、徐明松譯	《前衛藝術理論》	臺北：時報文化，1998 年
彼得·布魯克著，王志弘、李根芳譯	《文化理論詞彙》	臺北：巨流，2004 年
馬太·卡林內斯庫著，顧愛彬、李瑞華譯	《現代性的五副面孔》	北京：商務印書館，2002 年
詹明信著，唐小兵譯	《後現代主義與文化理論》	臺北：合志文化，1989 年

尚·拉普朗虛、尚·柏騰·彭大歷斯著，沈志中、王文基譯，陳傳興監譯	《精神分析詞彙》	臺北：行人，2000 年
Shlomith Rimmon-kenan	*Narrative Fiction: Contemporary Poetics*	New York: Methuen, 1983, pp59

二 期刊與論文

作／編者	篇名	出版資訊
七等生	〈真確的信念──回應陳明福先生〉	《中外文學》第 5 卷 1 期（1976 年 9 月）
七等生	〈給安若尼·典可的三封信〉	《臺灣文藝》第 96 期（1985 年 9 月）
李瑞騰	〈期待晴子而出現妓女──論七等生《我愛黑眼珠》〉	《臺灣文學經典研討會論文集》（臺北：聯經，1999 年）

李豐楙	〈命與罪——六〇年代臺灣小說中的宗教意識〉	《臺灣文學中的社會——五十年來臺灣文學研討會論文集》（臺北：行政院文建會，1996年）
林慶文	〈非愚即狂——當代小說的瘋癲修辭〉	《北臺技術學院國文學報》第2期（2005年6月）
柯慶明	〈六〇年代現代主義文學？〉	收入邵玉銘、張寶琴等編：《四十年來中國文學》（臺北：聯合文學，1995年）
胡錦媛	〈母親，妳在何方？被虐狂、女性主體與閱讀〉	收入楊澤編：《閱讀張愛玲國際研討會論文集》（臺北：時報，1999年10月）
胡錦媛	〈書寫自我——《譚郎的書信》中的書信形式〉	《中外文學》第22卷11期（1994年4月）
彥火	〈陳映真的自剖與反省〉	收入《陳映真作品集六——思想的貧困》（臺北：人間，1988年）
馬森	〈隱藏在本土的一塊美玉（上）——談七等生的小説〉	《時報雜誌》第143期（1982年8月29日至9月4日）

馬森	〈隱藏在本土的一塊美玉（下）——談七等生的小說〉	《時報雜誌》第 144 期（1982 年 9 月 5 日至 9 月 11 日）
高天生	〈歷史悲運的頑抗〉	《臺灣文藝》第 72 期（1981 年 5 月）
尉天驄	〈隱遁的小角色〉	《純文學》第 43 期（1970 年 7 月）
尉天驄、七等生、曹永洋、陳映真等，李南衡錄音、雷驤筆記	〈大地之歌〉	《文學季刊》第 5 期（1967 年 11 月 10 日）
尉天驄	〈我的文學生涯（上）〉	《中國論壇》第 17 卷 6 期，總號 198 期（1983 年 12 月 25 日）
尉天驄	〈我的文學生涯（中）〉	《中國論壇》第 17 卷 7 期，總號 199 期（1984 年 1 月 10 日）
尉天驄	〈我的文學生涯（下）〉	《中國論壇》第 17 卷 8 期，總號 200 期（1984 年 1 月 25 日）

張誦聖	〈現代主義文學在臺灣文學生產場域中的位置〉	政大中文系「現代主義與臺灣文學學術研討會」論文，2001年6月2日至3日
應鳳凰譯	〈臺灣現代主義小說及本土抗爭〉序章中譯	《臺灣文學評論》第3卷3期（2003年7月）
張小虹	〈戀物張愛玲——性、商品與殖民迷魅〉	收入楊澤編：《閱讀張愛玲國際研討會論文集》（臺北：時報，1999年10月）
黃錦樹	〈中文現代主義：一個未了的計畫？〉	政大中文系「現代主義與臺灣文學學術研討會」論文，2001年6月2日至3日
廖淑芳	〈七等生作品中的個人觀、群體觀及其形成過程〉	原刊《文學臺灣》第3期（1992年7月），後收入《認識七等生》（苗栗：苗栗縣立文化中心，1993年）
楊孟珠	〈現代安特蘭桃的奔赴困境——評夏行〈奔赴落日而顯現狼〉〉	國家臺灣文學館主辦，「第二屆全國臺灣文學研究生會議」論文，2005年6月4日至5日
楊　照	〈「自戀書寫」中完成的自我——重讀七等生的小說《思慕微微》〉	《在閱讀的密林中》（臺北：印刻，2003年）

劉紹銘	〈七等生「小兒麻痺」的文體〉	收入張恆豪編：《火獄的自焚》（臺北：遠景，1977 年）
鄭千慈（伊格言）	〈關於一場酷刑的不在場證明：檢視七等生作品的現代主義與其作品中的規訓與懲罰〉	文訊雜誌主辦，「2004 年青年文學會議─文學與社會學術研討會」論文，2004 年 12 月 4 日至 5 日。收入財團法人臺灣文學發展基金會編印：《2004 青年文學會議論文集》（臺南：國家臺灣文學館，2004 年）
陳明成	〈反攻與反共：關鍵年代的關鍵年份──臺灣文壇「一九五六」的再考察〉	文訊雜誌主辦，「2004 年青年文學會議─文學與社會學術研討會」論文，2004 年 12 月 4 日至 5 日。收入財團法人臺灣文學發展基金會編印：《2004 青年文學會議論文集》（臺南：國家臺灣文學館，2004 年）
陳明福	〈李龍第：理性的頹廢主義者──再論七等生的我愛黑眼珠〉	《中外文學》第 4 卷 11 期（1976 年 4 月）
陳映真	〈ASA · NISI · MASA〉	《文學季刊》第 2 期（1967 年 1 月）
蘇峰山	〈七等生的夢幻：兼論社會學的實在論〉	《臺灣文學評論》第 1 卷 1 期（2001 年 7 月）

陳芳明	〈臺灣現代文學與五〇年代自由主義傳統的關係──以《文學雜誌》為中心〉	收入《後殖民臺灣：文學史論及其周邊》（臺北：麥田，2002 年）
陳巍仁	〈「瀰瀰」之音──從文化基因的角度談新詩革命前後的格律意義〉	收入陳大為、唐捐編：《2003 年臺北國際詩歌節學術研討會論文集：時空斷層下的詩人與詩》（臺北：臺北市文化局，2004 年）
《第十四屆國家文藝獎得獎專刊》之得獎感言		國家藝術基金會，2010 年 10 月
《印刻文學生活誌──沙究專號》第 147 期（2015 年 11 月）		
陳萬益	〈七等生與翁鬧〉	《中央日報》第 22 版，1998 年 7 月 24 日
黃克全	〈七等生印象〉	《商工日報》春秋生活版，1985 年 11 月 27 日
溫良恭	〈商青〉	《中央日報》副刊，1978 年 9 月 24 日至 25 日
彭瑞金	〈離城的隱遁者──剖析七等生現代主義小說〉	《中國時報》第 37 版，1998 年 10 月 11 日

三　新聞報導

作／編者	篇名	出版資訊
徐淑卿	〈七等生：彈奏一曲蒼邁的戀歌〉	《中國時報》，第41版，1997年10月2日。

四　學位論文

作／編者	篇名	出版資訊
尹子玉	〈「臺灣文學經典」論爭研究〉	桃園：中央大學中文所碩士論文，2002年7月
林慶文	〈當代臺灣小說的宗教性關懷〉	臺中：東海大學中文研究所博士論文，2001年6月
侯作珍	〈自由主義傳統與臺灣現代主義文學的崛起〉	臺北：中國文化大學中文所博士論文，2003年1月
張雅惠	〈存在與欲望：七等生小說主題研究〉	臺北：政治大學中文所碩士論文，2004年7月
鄭千慈（伊格言）	〈崩解的自我〉	新北市：淡江大學中文所碩士論文，2005年6月

科技部人文及社會科學研究成果推廣叢書

天使與橋者 七等生小說中的友誼

創作來源

本專書之主要創作來源為科技部補助之人文及社會科學專題研究計畫研究成果

1 -

計畫名稱 ：七等生小說中的友誼：以「天使」與「橋者」的形象書寫及
其變異為核心

計畫主持人：廖淑芳

執行機構：國立成功大學臺灣文學研究所

計畫年度：100年度

2 -

計畫名稱 ：「窘」的生成與流變：小說家沙究文學書寫與場域關係探討

計畫主持人：廖淑芳

執行機構：國立成功大學臺灣文學研究所

計畫年度：103年度

科技部人文及社會科學研究成果推廣叢書

天使與橋者 七等生小說中的友誼

作　　　　者	廖淑芳
總　編　輯	葉麗晴
主　　　編	李偉涵
內 文 排 版	suan
封 面 設 計	黃鈺菁
校　　　對	廖淑芳、謝佳容

創　辦　人	沈登恩
出　版　社	遠景出版事業有限公司
地　　　址	22044新北市板橋區松柏街65號五樓
網　　　址	www.vistaread.com
電　　　話	02-2254-2899
傳　　　真	02-2254-2136

發　行　部	晴光文化出版有限公司
郵　　　撥	19929057
電　　　話	02-2254-2899
法 律 顧 問	世紀聯合法律事務所尤英夫律師
印　　　刷	中茂分色製版印刷事業有限公司
電　　　話	02-2225-2627

定　　　價	新臺幣 二八〇 元
出 版 日 期	二〇一七年二月
版　　　次	初版一刷
I　S　B　N	978-957-39-1013-8

科技部
Ministry of Science and Technology

國家圖書館出版品預行編目 (CIP) 資料

天使與橋者：七等生小說中的友誼 / 廖淑芳作 --
初版 -- 新北市　；　遠景出版：晴光文化發行，
2017.02 面 公分 -- (科技部人文及社會科學研究成
果推廣叢書)

ISBN 978-957-39-1013-8（平裝）

863.57　　　　　　　　　　　　　106000367

VISTA
PUBLISHING

VISTA
PUBLISHING

VISTA
PUBLISHING

VISTA
PUBLISHING